U0088380

萬用日語會話學習書

學習書

國家圖書館出版品預行編目資料

萬用日語會話學習書 / 雅典日研所編著
--二版. -- 新北市：雅典文化，民109.06
面；　公分. -- (全民學日語；56)
ISBN 978-986-98710-4-4(平裝附光碟片)
1. 日語　2. 會話
803.188　　　　　　　　　　　109004930

全民學日語系列 56

萬用日語會話學習書

企編／雅典日研所
責任編輯／許惠萍
內文排版／鄭孝儀
封面設計／林鈺恆

法律顧問：方圓法律事務所／涂成樞律師

總經銷：永續圖書有限公司
永續圖書線上購物網
www.foreverbooks.com.tw

出版日／2020年06月

雅典文化

出版社　22103　新北市汐止區大同路三段194號9樓之1
　　　　TEL　(02) 8647-3663
　　　　FAX　(02) 8647-3660

版權所有‧任何形式之翻印，均屬侵權行為

音基本發音表

清音 🎧 002

a ㄚ	i ㄧ	u ㄨ	e ㄝ	o ㄡ
あ ア	い イ	う ウ	え エ	お オ
ka ㄎㄚ	**ki** ㄎㄧ	**ku** ㄎㄨ	**ke** ㄎㄝ	**ko** ㄎㄡ
か カ	き キ	く ク	け ケ	こ コ
sa ㄙㄚ	**shi** ㄒ	**su** ㄙ	**se** ㄙㄝ	**so** ㄙㄡ
さ サ	し シ	す ス	せ セ	そ ソ
ta ㄊㄚ	**chi** ㄑㄧ	**tsu** ㄘ	**te** ㄊㄝ	**to** ㄊㄡ
た タ	ち チ	つ ツ	て テ	と ト
na ㄋㄚ	**ni** ㄋㄧ	**nu** ㄋㄨ	**ne** ㄋㄝ	**no** ㄋㄡ
な ナ	に ニ	ぬ ヌ	ね ネ	の ノ
ha ㄏㄚ	**hi** ㄏㄧ	**fu** ㄈㄨ	**he** ㄏㄝ	**ho** ㄏㄡ
は ハ	ひ ヒ	ふ フ	へ ヘ	ほ ホ
ma ㄇㄚ	**mi** ㄇㄧ	**mu** ㄇㄨ	**me** ㄇㄝ	**mo** ㄇㄡ
ま マ	み ミ	む ム	め メ	も モ
ya ㄧㄚ		**yu** ㄧㄩ		**yo** ㄧㄡ
や ヤ		ゆ ユ		よ ヨ
ra ㄌㄚ	**ri** ㄌㄧ	**ru** ㄌㄨ	**re** ㄌㄝ	**ro** ㄌㄡ
ら ラ	り リ	る ル	れ レ	ろ ロ
wa ㄨㄚ		**o** ㄡ		**n** ㄣ
わ ワ		を ヲ		ん ン

濁音 🎧 003

ga ㄍㄚ	**gi** ㄍㄧ	**gu** ㄍㄨ	**ge** ㄍㄝ	**go** ㄍㄡ
が ガ	ぎ ギ	ぐ グ	げ ゲ	ご ゴ
za ㄗㄚ	**ji** ㄐㄧ	**zu** ㄗ	**ze** ㄗㄝ	**zo** ㄗㄡ
ざ ザ	じ ジ	ず ズ	ぜ ゼ	ぞ ゾ
da ㄉㄚ	**ji** ㄐㄧ	**zu** ㄗ	**de** ㄉㄝ	**do** ㄉㄡ
だ ダ	ぢ ヂ	づ ヅ	で デ	ど ド
ba ㄅㄚ	**bi** ㄅㄧ	**bu** ㄅㄨ	**be** ㄅㄝ	**bo** ㄅㄡ
ば バ	び ビ	ぶ ブ	べ ベ	ぼ ボ
pa ㄆㄚ	**pi** ㄆㄧ	**pu** ㄆㄨ	**pe** ㄆㄝ	**po** ㄆㄡ
ぱ パ	ぴ ピ	ぷ プ	ぺ ペ	ぽ ポ

kya ㄎㄧㄚ	kyu ㄎㄧㄩ	kyo ㄎㄧㄡ
きゃ キャ	きゅ キュ	きょ キョ
sya ㄒㄧㄚ	**syu** ㄒㄧㄩ	**syo** ㄒㄧㄡ
しゃ シャ	しゅ シュ	しょ ショ
cya ㄑㄧㄚ	**cyu** ㄑㄧㄩ	**cyo** ㄑㄧㄡ
ちゃ チャ	ちゅ チュ	ちょ チョ
nya ㄋㄧㄚ	**nyu** ㄋㄧㄩ	**nyo** ㄋㄧㄡ
にゃ ニャ	にゅ ニュ	にょ ニョ
hya ㄏㄧㄚ	**hyu** ㄏㄧㄩ	**hyo** ㄏㄧㄡ
ひゃ ヒャ	ひゅ ヒュ	ひょ ヒョ
mya ㄇㄧㄚ	**myu** ㄇㄧㄩ	**myo** ㄇㄧㄡ
みゃ ミャ	みゅ ミュ	みょ ミョ
rya ㄌㄧㄚ	**ryu** ㄌㄧㄩ	**ryo** ㄌㄧㄡ
りゃ リャ	りゅ リュ	りょ リョ

gya ㄍㄧㄚ	gyu ㄍㄧㄩ	gyo ㄍㄧㄡ
ぎゃ ギャ	ぎゅ ギュ	ぎょ ギョ
jya ㄐㄧㄚ	**jyu** ㄐㄧㄩ	**jyo** ㄐㄧㄡ
じゃ ジャ	じゅ ジュ	じょ ジョ
jya ㄐㄧㄚ	**jyu** ㄐㄧㄩ	**jyo** ㄐㄧㄡ
ぢゃ ヂャ	ぢゅ ヂュ	ぢょ ヂョ
bya ㄅㄧㄚ	**byu** ㄅㄧㄩ	**byo** ㄅㄧㄡ
びゃ ビャ	びゅ ビュ	びょ ビョ
pya ㄆㄧㄚ	**pyu** ㄆㄧㄩ	**pyo** ㄆㄧㄡ
ぴゃ ピャ	ぴゅ ピュ	ぴょ ピョ

● | 平假名 | 片假名 |

Chapter 1 口語表達

Chapter 2 發問

Chapter 3 人際溝通

Chapter 4 情緒感受

Chapter 5 生活經驗

Chapter 6 事物狀態

1

口語表達

「なんて～のでしょう」

真是太～了

真是太棒了！

なんて <ruby>素敵<rt>すてき</rt></ruby>**な** **のでしょう!**

na.n.te.　su.te.ki.na.　no.de.sho.u.

單字輕鬆換：

<ruby>優<rt>やさ</rt></ruby>しい ya.sa.shi.i.	體貼	<ruby>失礼<rt>しつれい</rt></ruby>な shi.tsu.re.i.na.	無禮
<ruby>速<rt>はや</rt></ruby>い ha.ya.i.	快速	かわいい ka.wa.i.i.	可愛
<ruby>楽<rt>たの</rt></ruby>しい ta.no.shi.i.	開心	<ruby>運<rt>うん</rt></ruby>がいい u.n.ga.i.i.	運氣好

句型說明：

「なんて～のでしょう」通常用在表達對事物的驚訝或感嘆，等同於中文裡「真是太～了」、「多麼～啊」、「怎麼這麼～」。較口語的說法是「なんて～だろう」或「なんて～でしょ」。

•萬用會話•

A 見て、ここは結婚式の会場だよ。

mi.te./ko.ko.wa./ke.kko.n.shi.ki.no./ka.i.jo.u.da.yo.

你看，這裡是婚禮會場喔。

B わぁ、なんて素敵なのでしょう!

wa.a./na.n.te./su.te.ki.na.no./de.sho.u.

哇，真是太棒了！

•延伸會話句•

なんて奇妙なのでしょう!

na.n.te./ki.myo.u.na.no./de.sho.u.

真是太神奇了

彼女はなんて親切なのでしょう!

ka.no.jo.wa./na.n.te./shi.n.se.tsu.na.no./de.sho.u.

她真是太親切了！

彼はなんて速く走るのだろう!

ka.re.wa./na.n.te./ha.ya.ku./ha.shi.ru.no./da.ro.u.

他跑得真是太快了！

彼女はなんて美しい目をしているのだろう!

ka.no.jo.wa./na.n.te./u.tsu.ku.shi.i.me.o./shi.te.i.ru.
no./da.ro.u.

她的眼睛真是太美了！

❶ 口語表達

「せっかく～のに」

難得～，卻

難得去了。

せっかく | **行った** | **のに。**
se.kka.ku. | i.tta. | no.ni.

單字輕鬆換：

作った tsu.ku.tta.	做了	教えた o.shi.e.ta.	教了
来た ki.ta.	來了	用意した yo.u.i.shi.ta	準備了
努力した do.ryo.ku.shi.ta.	努力了	勉強した be.n.kyo.u.shi.ta.	用功了

句型說明：

「せっかく」是「難得」、「特地」的意思。
「せっかく～のに」是用在難得有機會卻不能好
好把握；或是好不容易做了某件事，結果卻不如
預期。這個句型帶有可惜、不甘心的感覺，表達
抱怨或是嘆息。

萬用會話

A 昨日のイタリア料理はどうだった?

ki.no.u.no./i.ta.ri.a.ryo.u.ri.wa./do.u.da.tta.

昨天的義大利菜怎麼樣?

B あれはね、せっかく行ったのに、満席で入れなかった。

a.re.wa.ne./se.kka.ku./i.tta./no.ni./ma.n.se.ki.de./ha.i.re.na.ka.tta

那個啊,都特地去了,卻因為客滿沒能進去。

延伸會話句

せっかく買ったのにサイズが大きすぎた。

se.kka.ku./ka.tta./no.ni./sa.i.zu.ga./o.o.ki.su.gi.ta.

特地買了,尺寸卻太大了。

せっかくパソコンを直したのに、また壊してしまった。

se.kka.ku./pa.so.ko.n.o./na.o.shi.ta./no.ni./ma.ta./ko.wa.shi.te./shi.ma.tta.

電腦好不容易修好,卻又壞了。

せっかくのお誘いですが、今回は都合により参加できません。

se.kka.ku.no./o.sa.so.i./de.su.ga./ko.n.ka.wa./tsu.go.u.ni./yo.ri./sa.n.ka./de.ki.ma.se.n.

難得您邀請我,但這次因為有事無法參加。

①口語表達

「そろそろ～の時間だ」

差不多是～的時間了

差不多是說再見的時間了。

そろそろ お別れ の時間だ。

so.ro.so.ro. o.wa.ka.re. no.ji.ka.n.da.

單字輕鬆換：

おやすみ o.ya.su.mi.	晚安	晩ご飯 ba.n.go.ha.n.	晚餐
スタート su.ta.a.to.	開始	お薬 o.ku.su.ri.	吃藥
ドラマ do.ra.ma.	連續劇	お帰り o.ka.e.ri.	回家

句型說明：

「そろそろ」是「差不多了」的意思。「そろそ
ろ～の時間だ」是「差不多是～的時間了」，也
有「差不多該～了」的意思。「時間」的前面會
放上「名詞+の」，或是「動詞辭書形」。比較
禮貌的說法是把「だ」換成「です」，「そろそ
ろ～の時間です」。

•萬用會話•

Ａ じゃあ、そろそろお別れの時間だな。

ja.a./so.ro.so.ro./o.wa.ka.re.no./ji.ka.n.da.na.

那麼，差不多該說再見了。

Ｂ え、そうなの?もう少し話したいな。

e./so.u.na.no./mo.u.su.ko.shi./ha.na.shi.ta.i.na.

這樣啊，還想多聊點呢。

•延伸會話句•

そろそろ寝る時間だよ。

so.ro.so.ro./ne.ru./ji.ka.n./da.yo.

快到睡覺的時間了。

もうすぐ出発する時間です。

mo.u.su.gu./shu.ppa.tsu.su.ru./ji.ka.n./de.su.

快到出發的時間了。

もうすぐ梅雨の時期ですね。

mo.u.su.gu./tsu.yu.no./ji.ki./de.su.ne.

快到梅雨季了呢。

そろそろ失礼します。

so.ro.so.ro./shi.tsu.re.i./shi.ma.su.

差不多該告辭了。

① 口語表達

「わたしだったら、〜」

要是我的話，就〜

要是我的話，就不做。

わたしだったら、| しない |。

wa.ta.shi. da.tta.ra. shi.na.i.

單字輕鬆換：

触らない sa.wa.ra.na.i.	不碰	断る ko.to.wa.ru.	拒絕
払う ha.ra.u.	支付	してみる shi.te.mi.ru.	試試看
謝る a.ya.ma.ru.	道歉	話す ha.na.su.	說

句型說明：

「〜だったら」是「如果是〜」的意思，用來表示假設的情況，也可以說「〜なら」。「わたしだったら、〜」意為假設是自己的話會怎麼做。也可以把「わたし」的部分換成其他的人稱代名詞。

Ⓐ 転職しようと考えているんだ。

te.n.sho.ku./shi.yo.u.to./ka.n.ga.e.te./i.ru.n.da.

我正考慮要換工作。

B わたしだったらしないね。

wa.ta.shi./da.tta.ra./shi.na.i.ne.

如果是我就不會換。

•延伸會話句•

わたしだったら先に連絡します。

wa.ta.shi./da.tta.ra./sa.ki.ni./re.n.ra.ku./shi.ma.su.

如果是我的話，會事先聯絡。

わたしだったら、やらなかっただろう。

wa.ta.shi./da.tta.ra./ya.ra.na.ka.tta./da.ro.u.

如果是我的話，應該不會做吧。

もしあなたがわたしだったらどうしますか？

mo.shi./a.na.ta.ga./wa.ta.shi./da.tta.ra./do.u./shi.ma.su.ka.

如果你是我的話會怎麼辦？

もしわたしならそこへ行くんだけど。

mo.shi./wa.ta.shi./na.ra./so.ko.e./i.ku.n./da.ke.do.

如果是我的話，就會去那裡。

①口語表達

「～ちゃダメだよ」

不可以～喔

不可以吃喔。

食べちゃ ダメだよ。

ta.be.cha.   da.me.da.yo.

單字輕鬆換：

油断しちゃ yu.da.n.shi.cha.	掉以輕心	使っちゃ tsu.ka.ccha.	使用
言っちゃ i.ccha.	說	捨てちゃ su.te.cha.	丟掉
忘れちゃ wa.su.re.cha.	忘記	座っちゃ su.wa.ccha.	坐

句型說明：

「ダメ」是「不行」的意思。「～ちゃダメだ」
是「～てはダメだ」的簡縮，這句話通常是用在
長輩命令小孩，或是朋友之間。較為正式或是禮
貌地表示禁止則可以用「～ないでください」、
「～てはいけません」。

•萬用會話•

A プリンおいしそう!

pu.ri.n./o.i.shi.so.u.

布丁看起來好好吃喔！

B これ、パパのだから、食べちゃダメだよ。

ko.re./pa.pa.no./da.ka.ra./ta.be.cha./da.me.da.yo.

這是爸爸的，不可以吃喔。

•延伸會話句•

そんなことで会社を辞めちゃダメだよ。

so.n.na./ko.to.de./ka.i.sha.o./ya.me.cha./da.me.da.yo.

不能因為那點小事就辭職喔。

そんなことは言っちゃダメなんだよ。

so.n.na./ko.to.wa./i.ccha./da.me.na.n.da.yo.

不可以説那種話喔。

お肉ばっかり食べていてはダメだよ。

o.ni.ku./ba.ka.ri./ta.be.te./i.te.wa./da.me.da.yo.

不可以光只吃肉喔。

マネしてはいけないよ。

ma.ne.shi.te.wa./i.ke.na.i.yo.

不可以模仿喔。

❶ 口語表達

「～なくちゃ」

該～

差不多該走了。

そろそろ　行(い)か　なくちゃ。

so.ro.so.ro.　i.ka.　na.ku.cha.

單字輕鬆換:

勉強(べんきょう)し be.n.kyo.u.shi.	用功	掃除(そうじ)し so.u.ji.shi.	打掃
運動(うんどう)し u.n.do.u.shi.	運動	頑張(がんば)ら ga.n.ba.ra.	努力
飲(の)ま no.ma.	喝	痩(や)せ ya.se.	瘦身

句型說明:

「～なくちゃ」是「なくてはいけない」的簡縮。
表示「不～不行」的意思。另外也可以說「～な
きゃ」、「～ないと」、「なくてはいけない」。

•萬用會話•

A わたし、そろそろ行かなくちゃ。

wa.ta.shi./so.ro.so.ro./i.ka.na.ku.cha.

我差不多該走了。

B あ、もうこんな時間。遅れちゃうね。

a./mo.u./ko.n.na./ji.ka.n./o.ku.re.cha.u.ne.

啊，已經這麼晚了，(再不出發)會遲到吧。

•延伸會話句•

君がいなくちゃダメなんだ。

ki.mi.ga./i.na.ku.cha./da.me.na.n.da.

沒有你就不行。

健康のために痩せなくちゃ。

ke.n.ko.u.no./ta.me.ni./ya.se.na.ku.cha.

為了健康該瘦身了。

そろそろタバコをやめないといけません。

so.ro.so.ro./ta.ba.ko.o./ya.me.na.i.to./i.ke.ma.se.n.

再不戒菸不行了。

申込書を明日までに出さないと。

mo.u.shi.ko.mi.sho.o./a.shi.ta./ma.de.ni./da.sa.na.i.
to.

該在明天前交出申請書才行。

「〜が山ほどたまっている」

〜堆積如山

工作堆積如山。

仕事 が山ほどたまっている。

shi.go.to. ga.ya.ma.ho.do.ta.me.tte.i.ru.

單字輕鬆換:

メール me.e.ru.	電子郵件	洗濯物 se.n.ta.ku.mo.no.	髒衣服
家事 ka.ji.	家事	話したいこと ha.na.shi.ta.i.ko.to.	想說的
宿題 shu.ku.da.i.	功課	読みたい本 yo.mi.ta.i.ho.n.	想看的書

句型說明:

「山ほど」通常用來形容東西很多、數量很大，
例如「山ほどした」是「做了很多」的意思。
「山ほどたまっている」則是「堆積如山」的意
思，用來表達累積了很大的數量。

Ⓐ ねえ、今日も遅くなるの？

ne.e./kyo.u.mo./o.so.ku./na.ru.no.

你今天也會晚歸嗎？

B うん、仕事が山ほどたまっているから、早く
帰れなさそうだ。

u.n./shi.go.to.ga./ya.ma.ho.do./ta.me.tte.i.ru./ka.
ra./ha.ya.ku./ka.e.re.na.sa.so.u.da.

嗯，因為工作堆積如山，看來不能早點回來。

◉延伸會話句◉

わたしも不満が山ほどたまっている。

wa.ta.shi.mo./fu.ma.n.ga./ya.ma.ho.do./ta.me.tte./i.ru.

我的不滿也堆積如山。

在庫が山ほどたまる。

za.i.ko.ga./ya.ma.ho.do./ta.ma.ru.

庫存品堆積如山。

この1年半で失敗なんて山ほどした。

ko.no./i.chi.ne.n.ha.n.de./shi.ppa.i.na.n.te./ya.ma.
ho.do./shi.ta.

這1年半來犯了數不清的錯。

メールの返信が山ほどたまっている。

me.e.ru.no./he.n.shi.n.ga./ya.ma.ho.do./ta.ma.tte.i.
ru.

該回的電子郵件堆積如山。

「～が止まらない」

不停地～

涙流不止。

涙 が止まらない。

na.mi.da. ga.to.ma.ra.na.i.

單字輕鬆換:

咳 se.ki.	咳嗽	くしゃみ ku.sha.mi.	噴嚏
食べるの ta.be.ru.no.	吃	血 chi.	血
水 mi.zu.	水（流）	老化 ro.u.ka.	老化

句型說明:

「～が止まらない」是「～停不下來」、「不停
地～」的意思，形容生理狀態或是動作停不下來。
通常是用於想控制但控制不來、無法抑制的情況。

◆萬用會話◆

A 昨日(きのう)の映画(えいが)はどうでしたか?

ki.no.u.no./e.i.ga.wa./do.u./de.shi.ta.ka.

昨天的電影怎麼樣?

B すごくよかった。感動(かんどう)して涙(なみだ)が止(と)まらなかったです。

su.go.ku./yo.ka.tta./ka.n.do.u./shi.te./na.mi.da.ga./to.ma.ra.na.ka.tta./de.su.

很棒。我感動得淚流不止。

◆延伸會話句◆

食欲(しょくよく)が止(と)まらないのです。

sho.ku.yo.ku.ga./to.ma.ra.na.i.no./de.su.

食欲源源不絶。

咳(せき)が止(と)まらないのです。

se.ki.ga./to.ma.ra.na.i.no./de.su.

不停地咳嗽。

おいしくてお箸(はし)が止(と)まらない。

o.i.shi.ku.te./o.ha.shi.ga./to.ma.ra.na.i.

好吃地停不下筷子。

くしゃみが止(と)まらないのですが、花粉症(かふんしょう)でしょうかね?

ku.sha.mi.ga./to.ma.ra.na.ni.no./de.su.ga./ka.fu.n.sho.u./de.sho.u.ka.ne.

不停地打噴嚏,會不會是花粉症呢?

Ⅰ 口語表達

「～マニアです」

是～愛好者

我是棒球愛好者。

わたしは 野球（やきゅう） マニアです。

a.ta.shi.wa. ya.kyu.u. ma.ni.a.de.su.

單字輕鬆換：

美肌（びはだ）	美膚	健康（けんこう）	養生/
bi.ha.da.		ke.n.ko.u.	健康
鉄道（てつどう）	鐵路	ゲーム	電玩
te.tsu.do.u.		ge.e.mu.	
文房具（ぶんぼうぐ）	文具	調味料（ちょうみりょう）	調味料
bu.n.bo.u.gu.		cho.u.mi.ryo.u.	

句型說明：

「マニア」是「愛好者」、「狂熱者」的意思，前面加上名詞就是「～愛好者」的意思。通常會用於表達嗜好、興趣，類似的詞還有「オタク」。

萬用會話

Ⓐ 鈴木さん、高校野球に詳しいですね。

su.zu.ki.sa.n./ko.u.ko.u.ya.kyu.u.ni./ku.wa.shi.i./de. su.ne.

鈴木先生，你對高中棒球真是了解呢。

Ⓑ 小学校のころから野球マニアですから。

sho.u.ga.kko.u.no./ko.ro.ka.ra./ya.kyu.u.ma.ni.a./ de.su.ka.ra.

因為我從小學開始就是棒球迷。

延伸會話句

あなたは何マニアですか？

a.na.ta.wa./na.ni./ma.ni.a./de.su.ka.

你是什麼的愛好者呢？

わたしは漫画オタクです。

wa.ta.shi.wa./ma.n.ga.o.ta.ku./de.su.

我是漫畫迷。

母が健康オタクで少し困っています。

ha.ha.ga./ke.n.ko.u.o.ta.ku.de./su.ko.shi./ko.ma. tte./i.ma.su.

家母太熱衷於養生讓我有點困擾。

実はわたしはサッカーマニアなのです。

ji.tsu.wa./wa.ta.shi.wa./sa.kka.a.ma.ni.a./na.no.de. su.

其實我是足球迷呢。

「それって〜だと思うよ」

我覺得那是〜喔

我覺得那是誤會喔。

それって 勘違いだ と思うよ。

so.re.tte. ka.n.chi.ga.i.da. to.o.mo.u.yo.

單字輕鬆換:

ひどい hi.do.i.	很過分	偽物だ ni.se.mo.no.da.	贗品
すごい su.go.i.	很厲害	本当だ ho.n.to.u.da.	真的
普通だ fu.tsu.u.da.	一般	無理だ mu.ri.da.	不可能

句型說明:

「それって」是「那個是」的意思。「〜だと思う
よ」是「我覺得〜」、「我想是〜」的意思,用
於表達個人意見和看法。

萬用會話

A 剛_{つよし}って踊_{おど}ってる時_{とき}もわたしのことをチラチラ見_みるんだね。

tsu.yo.shi.tte./o.do.tte.ru.to.ki.mo./wa.ta.shi.no.ko.to.o./chi.ra.chi.ra.mi.ru.n.da.ne.

剛在跳舞的時候也偷偷地看我吧。

B それって勘違_{かんちが}いだと思_{おも}うよ!

so.re.tte./ka.n.chi.ga.i.da.to./o.mo.u.yo.

我覺得那是你誤會了喔!

延伸會話句

それって、和製英語_{わせいえいご}だと思_{おも}うよ。

so.re.tte./wa.se.i.e.i.go.da.to./o.mo.u.yo.

我想那是日式英語喔。

それってすごいことだと思_{おも}うよ。

so.re.tte./su.go.i./ko.to.da.to./o.mo.u.yo.

我覺得那是很厲害的事喔。

それってちょっとひどいと思_{おも}うよ。

so.re.tte./cho.tto./hi.do.i.to./o.mo.u.yo.

我覺得那有點過分喔。

イメージって大切_{たいせつ}だと思_{おも}う。

i.me.e.ji.tte./ta.i.se.tsu.da.to./o.mo.u.

我覺得形象很重要。

「〜のをやめときます」

決定不〜

決定不買。

買う のをやめときます。

ka.u. no.o.ya.me.to.ki.ma.su.

單字輕鬆換：

書く ka.ku.	寫	使う tsu.ka.u.	使用
近づく chi.ka.zu.ku.	靠近	考える ka.n.ga.e.ru.	思考
説明する se.tsu.me.i.su.ru.	說明	持っていく mo.tte.i.ku.	帶去

句型說明：

「やめる」是「放棄」、「停止」的意思；「や
めときます」是「やめておきます」的簡縮，表
示停止做某件事的決心。句型為「動詞辭書形+の
をやめときます」或是「名詞+をやめときま
す」。

•萬用會話•

Ⓐ このデジカメは故障率_{こしょうりつ}が高_{たか}いそうです。

ko.no./de.ji.ka.me.wa./ko.sho.u.ri.tsu.ga./ta.ka.i.so.u./de.su.

聽說這型數位相機的故障率很高。

Ⓑ そうなんですか?じゃ、買_かうのをやめときます。

so.u.na.n.de.su.ka./ja./ka.u.no.o./ya.me.to.ki.ma.su.

這樣嗎？那我決定不買了。

•延伸會話句•

体重計_{たいじゅうけい}に乗_のるのをやめときます。

ta.i.ju.u.ke.i.ni./no.ru.no.o./ya.me.to.ki.ma.su.

決定不量體重了。

今日_{きょう}は彼氏_{かれし}に会_あうのをやめときます。

kyo.u.wa./ka.re.shi.ni./a.u.no.o./ya.me.to.ki.ma.su.

決定今天不去見男友了。

今日_{きょう}からタバコをやめます。

kyo.u.ka.ra./ta.ba.ko.o./ya.me.ma.su.

決定今天開始戒菸。

夏_{なつ}バテ気味_{ぎみ}なので、晩_{ばん}ご飯_{はん}はやめときます。

na.tsu.ba.te.gi.mi./na.no.de./ba.n.go.ha.n.wa./ya.me.to.ki.ma.su.

夏天食欲不振，今天不吃晚餐了。

🔊 016

「〜ように見えます」

看起來〜

① 口語表達

看起來沒精神。

元気がない	ように見えます。
ge.n.ki.ga.na.i.	yo.u.ni.mi.e.ma.su.

單字輕鬆換:

写真の sha.shi.n.no.	照片	怒っている o.ko.tte.i.ru.	在生氣
健康でない ke.n.ko.u.de.na.i.	不健康	病気の byo.u.ki.no.	生病
疲れている tsu.ka.re.te.i.ru.	勞累	緊張している ki.n.cho.u.shi.te.i.ru.	緊張

句型說明:

「〜ように見えます」是「看起來〜」、「像是〜」的意思。另外類似的句型還有「〜に見えます」、「〜そうに見えます」

•萬用會話•

A 大丈夫ですか?さっきから元気がないように
見えます。

da.i.jo.u.bu./de.su.ka./sa.kki.ka.ra./ge.n.ki.ga.na.i./
yo.u.ni./mi.e.ma.su.

你還好嗎？從剛剛就看起來沒精神。

B 昨日から頭痛がひどくてつらいんです。

ki.no.u.ka.ra./zu.tsu.u.ga./hi.do.ku.te./tsu.ra.i.n./
de.su.

從昨天就嚴重頭痛很難受。

•延伸會話句•

あの雲はキリンのように見えます。

a.no./ku.mo.wa./ki.ri.n.no./yo.u.ni./mi.e.ma.su.

那朵雲看起來好像長頸鹿。

その絵はまるで写真のように見えます。

so.no.e.wa./ma.ru.de./sha.shi.n.no./yo.u.n./mi.e.ma.su.

那幅畫看起來就像照片一樣。

先生は怒っているように見えます。

se.n.se.i.wa./o.kko.te./i.ru./yo.u.ni./mi.e.ma.su.

老師看起來像在生氣。

あの子供たちの両親は幸せそうに見えます。

a.no./ko.do.mo.ta.chi.no./ryo.u.shi.n.wa./shi.a.wa.
se.so.u.ni./mi.e.ma.su.

那些孩子的父母看起來很幸福。

① 口語表達

「～頑張って」

～加油

工作加油。

お仕事 頑張って。
o.shi.go.to. ga.n.ba.tte.

單字輕鬆換：

明日 a.shi.ta.	明天	試合 shi.a.i.	比賽
部活 bu.ka.tsu.	社團活動	テスト te.su.to.	測驗
学校 ga.kko.u.	學校	勉強 be.n.kyo.u.	念書

句型說明：

　　「頑張って」是「加油」的意思，通常用在於鼓勵對方。前面可以加上名詞。在語尾加上「ね」時語氣較為和緩親切。如果是較正式的場合則說「頑張ってください」，而對平輩或是想表達強烈命令的語氣則可說「頑張れ」。

•萬用會話•

Ⓐ じゃ、行ってきます。

ja./i.tte.ki.ma.su.

那我出發囉。

B いってらっしゃい。お仕事頑張ってね。

i.tte.ra.ssha.i./o.shi.go.to./ga.n.ba.tte.ne.

路上小心。工作加油喔。

•延伸會話句•

今日も仕事頑張って。

kyo.u.mo./shi.go.to./ga.n.ba.tte.

今天工作也要加油喔。

ありがとう、えりちゃんも頑張ってね。

a.ri.ga.to.u./e.ri.cha.n.mo./ga.n.ba.tte.ne.

謝謝，惠理你也加油喔。

受験、頑張ってね。

ju.ke.n./ga.n.ba.tte.ne.

考試，加油喔。

明日の試合、頑張ってください。

a.shi.ta.no./shi.a.i./ga.n.ba.tte./ku.da.sa.i.

明天的比賽，請加油。

「〜が楽しみです」

很期待〜

很期待去賞櫻。

お花見 が楽しみです。
o.ha.na.mi. ga.ta.no.shi.mi.de.su.

 單字輕鬆換：

会うの a.u.no.	見面	届くの to.do.ku.no.	寄達
夏休み na.tsu.ya.su.mi.	暑假	祭 ma.tsu.ri.	慶典
完成 ka.n.se.i.	完成	次の授業 tsu.gi.no.ju.gyo.u.	下次上課

句型說明：

　　「〜が楽しみです」是「期待〜」的意思，也可以說「〜を楽しみにしています」。「〜」的部分可以用名詞或是動詞辭書形+の。

萬用會話

A そろそろ暖かい春がやってきそうです。

so.ro.so.ro./a.ta.ta.ka.i./ha.ru.ga./ya.tte./ki.so.u./de.su.

温暖的春天差不多快來了。

B そうですね。今年もお花見が楽しみです。

so.u./de.su.ne./ko.to.shi.mo./o.ha.na.mi.ga./ta.no.shi.mi./de.su.

是啊，今年也很期待去賞櫻。

延伸會話句

明日、楽しみだね。

a.shi.ta./ta.no.shi.mi./da.ne.

很期待明天。

お会いできるのを楽しみにしています。

o.a.i./de.ki.ru.no.o./ta.no.shi.mi.ni./shi.te./i.ma.su.

很期待能見到您。

楽しみにしていたのに、残念です。

ta.no.shi.mi.ni./shi.te.i.ta./no.ni./za.n.ne.n./de.su.

之前一直很期待的，真是可惜。

日本に行くのが楽しみです。

ni.ho.n.ni./i.ku.no.ga./ta.no.shi.mi./de.su.

很期待去日本。

「～気になれない」

不想～

不想去。

行く　気になれない。

i.ku.　ki.ni.na.re.na.i.

單字輕鬆換:

笑う wa.ra.u.	笑	入る ha.i.ru.	進去
祝う i.wa.u.	慶祝	勉強する be.n.kyo.u.su.ru.	用功
結婚する ke.kko.n.su.ru.	結婚	旅行する ryo.ko.u.su.ru.	旅行

句型說明:

　　「～気になれない」是「不想～」、「提不起勁
～」的意思。常用句型是「動詞辭書形+気になれ
ない」,「名詞+の気になれない」。如果是表達
想要做某件事、對事情有幹勁則是用「～たい気が
します」。

•萬用會話•

Ⓐ この間のフランス料理はどうだった？

ko.no./a.i.da.no./fu.ra.n.su./ryo.u.ri.wa./do.u.da.tta.

前陣子去吃的法國料理怎麼樣？

B 高いし味もいまいちだから、二度と行く気に
なれないな。

ta.ka.i.shi./a.ji.mo./i.ma.i.chi./da.ka.ra./ni.do.to./i.
ku./ki.ni./na.re.na.i.na.

又貴味道也普通，不會想去第二次。

•延伸會話句•

夕食を食べたい気がしません。

yu.u.sho.ku.o./ta.be.ta.i./ki.ga./shi.ma.se.n.

不想吃晚餐。

イタリア料理を食べたい気がします。

i.ta.ri.a./ryo.u.ri.o./ta.be.ta.i./ki.ga./shi.ma.su.

想吃義大利料理。

どうしても仕事にやる気が出ません。

do.u.shi.te.mo./shi.go.to.ni./ya.ru.ki.ga./de.ma.se.n.

怎麼樣都提不起勁工作。

キッチンがきれいでなければ、料理を作る気に
なれません。

ki.cchi.n.ga./ki.re.i.de.na.ke.re.ba./ryo.u.ri.o./tsu.
ku.ru./ki.ni./na.re.ma.se.n.

廚房不乾淨的話，就不會想下廚。

🎧 020

① 口語表達

「～をどうぞ」

請～

請喝茶。

お茶 をどうぞ。
o.cha.　　o.do.u.zo.

↓

單字輕鬆換：

お花 o.ha.na.	花	お水 o.mi.zu.	水
わたしの 名刺 wa.ta.shi.no. me.i.shi.	我的名片	メニュー me.nyu.u.	菜單
コーヒー ko.o.hi.i	咖啡		

句型說明：

「どうぞ」是「請」的意思，「～をどうぞ」則
是「請用～」，「請拿～」的意思。若是請對方
坐下或是吃東西等動作時，則是用「どうぞ～て
ください」的句型，如「どうぞ座ってください」
(請坐)、「どうぞ食べてください」(請吃)。

萬用會話

A お疲れ様。はい、お茶をどうぞ。

o.tsu.ka.re.sa.ma./ha.i./o.cha.o./do.u.zo.

辛苦了，請喝茶。

B ありがとう。

a.ri.ga.to.u.

謝謝。

延伸會話句

出来立ての料理をどうぞ。

de.ki.ta.te.no./ryo.u.ri.o./do.u.zo.

剛做好的菜，請吃。

わたしの名刺をどうぞ。

wa.ta.shi.no./me.i.shi.o./do.u.zo.

請收下名片。／這是我的名片。

はい、果物をどうぞ。

ha.i./ku.da.mo.no.o./do.u.zo.

來，請吃水果。

お得なクーポン券をどうぞ。

o.to.ku.na./ku.u.po.n.ke.n.o./do.u.zo.

很划算的折價券，請收下。

「～おめでとう」

恭喜～

❶ 口語表達

恭喜你考上了。

合格
go.u.ka.ku.

おめでとう。
o.me.de.to.u.

單字輕鬆換：

結婚 ke.kko.n.	結婚	受賞 ju.sho.u.	得獎
誕生日 ta.n.jo.u.bi.	生日	引越し hi.kko.shi.	搬家
あけまして a.ke.ma.shi.te.	新年	就職 shu.u.sho.kku.	找到工作

句型說明：

　　「おめでとう」是祝福、恭喜的意思，前面會用名詞，如「入学」、「昇進」、「結婚記念日」、「優勝」…等。也可以只說「おめでとう」，禮貌一點的說法是「おめでとうございます」、「お慶び申し上げます」。

●萬用會話●

A やっと国家試験に合格したんだ。

ya.tto./ko.kka.shi.ke.n.ni./go.u.ka.ku./shi.ta.n.da.

我終於通過國家考試了。

B ほんと？合格おめでとう!

ho.n.to./go.u.ka.ku./o.me.de.to.u.

真的嗎？恭喜你考上了！

●延伸會話句●

卒業おめでとう。

so.tsu.gyo.u./o.me.de.to.u.

恭喜畢業。

ご出産、おめでとうございます。

go.shu.ssa.n./o.me.de.to.u./go.za.i.ma.su.

恭喜你生孩子了。

昇進、お慶び申し上げます。

sho.u.shi.n./o.yo.ro.ko.bi./mo.u.shi.a.ge.ma.su.

恭喜您(職位)高升。

めでたしめでたし。

me.de.ta.shi./me.de.ta.shi.

可喜可賀、可喜可賀。

「こんなに～んだ」
原來這麼～啊

原來有這麼多啊。

こんなに たくさんある んだ。

ko.n.na.ni. | ta.ku.sa.n.a.ru. | n.da.

單字輕鬆換：

⬇

売れる u.re.ru.	熱賣	不安定な fu.a.n.te.i.na.	不安定
苦しい ku.ru.shi.i.	難受	変化する he.n.ka.su.ru.	變化
お金かかる o.ka.ne.ka.ka.ru.	花錢	おいしくなる o.i.shi.ku.na.ru.	變得好吃

句型說明：

「こんなに～んだ」是「原來這麼～啊」的意思。
對於事物有所頓悟或發現的時候，可用「こんな
に～んだ」來表達內心的驚訝或感嘆。

●萬用會話●

A ここ、全部英会話の本だよ。

ko.ko./ze.n.bu./e.i.ka.i.wa.no./ho.n.da.yo.

這裡全都是英語會話的書喔。

B わぁ、こんなにたくさんあるんだ。

wa.a./ko.n.na.ni./ta.ku.sa.n./a.ru.n.da.

哇，原來有這麼多啊。

●延伸會話句●

ポップコーンってこんなに早くできるんだ。

po.ppu.ko.o.n.tte./ko.n.na.ni./ha.ya.ku./de.ki.ru.n.da.

原來爆米花這麼快就能做好。

占いってこんなに色々あるんだ。

u.ra.na.i.tte./ko.n.na.ni./i.ro.i.ro./a.ru.n.da.

算命原來有這麼多種類啊。

野菜ってこんなにおいしいんですね。

ya.sa.i.tte./ko.n.na.ni./o.i.shi.i.n./de.su.ne.

蔬菜原來這麼好吃呢。

着物ってこんなにお金かかるんだ。

ki.mo.no.tte./ko.n.na.ni./o.ka.ne./ka.ka.ru.n.da.

和服原來這麼花錢啊。

MP3 023

「～ってわけじゃない」

並不是～

 ① 口語表達

並不是專家。

| 専門家
せんもんか
se.n.mo.n.ka. | ってわけじゃない。
tte.wa.ke.ja.na.i. |

單字輕鬆換：

彼氏 かれし ka.re.shi.	男友	特別 とくべつ to.ku.be.tsu.	特別
担当者 たんとうしゃ ta.n.to.u.sha.	負責人	近い ちか chi.ka.i.	很近
嫌い きら ki.ra.i.	討厭	間違えた まちが ma.chi.ga.e.ta.	弄錯

句型說明：

「～ってわけじゃない」是「又不是～」、「並非～」的意思。較正式的說法是「～ってわけじゃありません」、「～というわけではありません」。

055

●萬用會話●

Ⓐ あれ?ファイルが開けない。なんでだろう?

a.re./fa.i.ru.ga./hi.ra.ke.na.i./na.n.de.da.ro.u.

咦，檔案打不開。怎麼會這樣？

B さあ、わたしもパソコンの専門家ってわけじゃないけどね。

sa.a./wa.ta.shi.mo./pa.so.ko.n.no./se.n.mo.n.ka.tte./wa.ke.ja.na.i./ke.do.ne.

不知道，我又不是專家。

●延伸會話句●

わたしが担当者というわけではありません。

wa.ta.shi.ga./ta.n.to.u.sha./to.i.u.wa.ke./de.wa.a.ri.ma.se.n.

我並不是負責人。

決して手抜きってわけじゃないんです。

ke.sshi.te./te.nu.ki.tte./wa.ke.ja.na.i.n.de.su.

絕對不可能偷懶取巧。

いつもやってるってわけじゃないよ。

i.tsu.mo./ya.tte.ru.tte./wa.ke.ja.na.i.yo.

並不是一直都在做喔。

料理がうまいってほどでもないのよ。

ryo.u.ri.ga./u.ma.i.tte./ho.do./de.mo.na.i.no.yo.

料理並不到好吃的程度喔。／並非很擅長烹飪。

「じゃ、また〜」

那麼，〜再見

那麼，明天再見。

じゃ、また 明日 _{あした}。

ja.ma.ta.　a.shi.ta.

單字輕鬆換：

来週 ra.i.shu.u.	下週	後で a.to.de.	待會兒
東京で to.u.kyo.u.de.	在東京	会議で ka.i.gi.de.	會議時
次回 ji.ka.i.	下次	夜に yo.ru.ni.	晚上時

句型說明：

「じゃ、また〜」用於臨別之際，是「再見」的意思。此句是省略的講法，完整的句子是「では、また〜会いましょう」或「また〜連絡します」。也可以只說「じゃ、また」或「それでは、また」。「じゃ」是較為口語的說法，正式的情況則用「では」或「それでは」。

A それじゃ、わたし、そろそろ行<ruby>き<rt>い</rt></ruby>ますね。

so.re.ja./wa.ta.shi./so.ro.so.ro./i.ki.ma.su.ne.

那麼，我差不多該走了。

B うん、じゃ、また明日<ruby><rt>あした</rt></ruby>。

u.n./ja./ma.ta./a.shi.ta.

嗯，那麼，明天再見。

●延伸會話句●

それじゃ、また会<ruby><rt>あ</rt></ruby>いましょう。

so.re.ja./ma.ta./a.i.ma.sho.u.

那麼，我們再見囉。

では、また春<ruby><rt>はる</rt></ruby>に会<ruby><rt>あ</rt></ruby>いましょう。

de.wa./ma.ta./ha.ru.ni./a.i.ma.sho.u.

那麼，春天時再見面吧。

また次回<ruby><rt>じかい</rt></ruby>に会<ruby><rt>あ</rt></ruby>いましょう。

ma.ta./ji.ka.i.ni./a.i.ma.sho.u.

下次再見吧。

また近<ruby><rt>ちか</rt></ruby>いうちにお会<ruby><rt>あ</rt></ruby>いしましょう。

ma.ta./chi.ka.i./u.chi.ni./o.a.i.shi.ma.sho.u.

近期內再見吧。

「～ことはない」

不必～

不必急。

急ぐ ことはないよ。

いそ

i.so.gu. ko.to.wa.na.i.yo.

單字輕鬆換：

謝る あやま a.ya.ma.ru.	道歉	泣く な na.ku.	哭泣
心配する しんぱい shi.n.pa.i.su.ru.	擔心	焦る あせ a.se.ru.	焦急
慌てる あわ a.wa.te.ru.	慌張	気にする き ki.ni.su.ru.	在意

句型說明：

「～ことはない」本是指事情不可能發生、不會有的意思，引申為不需要或沒必要做某件事之意。另外也可以說「～必要はない」，較禮貌的說法是「～ことはありません」或「～必要はありま

ひつよう

せん」。

•萬用會話•

A 渋滞で遅くなるかも、ごめん。

ju.u.ta.i.de./o.so.ku.na.ru./ka.mo./go.me.n.

因為塞車説不定會遲到，對不起。

B まだ時間あるから、急ぐことはないよ。

ma.da./ji.ka.n./a.ru.ka.ra./i.so.gu./ko.to.wa./na.i.
yo.

還有時間，不必急。

•延伸會話句•

急がなくていいよ。

i.so.ga.na.ku.te./i.i.yo.

可以不必急(趕)喔。

心配する必要はありません。

shi.n.pa.i.su.ru./hi.tsu.yo.u.wa./a.ri.ma.se.n.

不需要擔心。

そんなに難しく考えることはありません。

so.n.na.ni./mu.zu.ka.shi.ku./ka.n.ga.e.ru./ko.to.
wa./a.ri.ma.se.n.

不必想得那麼困難。

あなたが悪いわけじゃないんだから、謝る
必要ないよ。

a.na.ta.ga./wa.ru.i./wa.ke.ja.na.i.n./da.ka.ra./a.ya.
ma.ru./hi.tsu.yo.u./na.i.yo.

不是你的錯，沒有必要道歉啦。

呼び捨て？

日本人在稱呼姓名時，通常會加上稱謂來表示禮貌和尊重。像是常見的「～さん」、「～樣」等。對熟識的朋友或是晚輩，才會不使用稱謂而只叫名字或暱稱，這種省略稱謂的叫法，就稱為「呼び捨て」。至於如何從敬語轉換成「呼び捨て」，以下的情境會話可提供作參考。

Ⓐ ねぇ、恵美って名前呼び捨てにしていい？「さん」取ってもいいでしょ？

惠美，我可以直接叫你名字嗎？不稱呼「小姐」也可以吧？

Ｂ いいよ。

可以啊。

Ⓐ 薫、俺達年上だけどさ、敬称いらねぇよ。呼び捨てにしてみな。

薫，我們雖然年紀比較大，但不用對我們用敬稱。試著叫我們名字就好。

Ｂ えっ、それは、無理です。

咦，這…我辦不到。

Ⓐ なんで？みんな仲間だよ。

為什麼？大家都是朋友啊。

2

發問

026

「～はどんな感じですか」

～是什麼感覺呢

天氣是怎麼樣(的感覺) 呢？

天気 は**どんな感じ**ですか？

te.ki.

wa.do.n.na.ka.n.ji.de.su.ka.

單字輕鬆換：

アパート a.pa.a.to.	公寓	お仕事 o.shi.go.to.	工作
運転するの u.n.te.n.su.ru. no.	開車	鈴木先生 su.zu.ki.se.n.se.i.	鈴木老師
あなたの国 a.na.ta.no.ku. ni.	你的國家	弁護士にな るの be.n.go.shi.ni.na. ru.no.	成為律師

句型說明：

疑問詞「どんな」是「怎麼樣的」「什麼樣的」
之意，而「感じ」是感覺的意思，「～はどんな
感じですか」即是用於詢問人事物的外表、感覺
或狀況。

●萬用會話●

A そちらの天気はどんな感じですか？

so.chi.ra.no./te.n.ki.wa./do.n.na./ka.n.ji./de.su.ka.

那邊的天氣怎麼樣呢？

B とても寒いです。時々雪も降ります。

to.te.mo./sa.mu.i./de.su./to.ki.do.ki./yu.ki.mo./fu.ri.
ma.su.

非常冷。有時候還會下雪。

●延伸會話句●

大阪はどんなところですか？

o.o.sa.ka.wa./do.n.na./to.ko.ro./de.su.ka.

大阪是怎樣的地方呢？

東京に住むのはどんな感じですか？

to.u.kyo.u.ni./su.mu.no.wa./do.n.na./ka.n.ji./de.su.
ka.

住東京是怎麼樣的感覺呢？

空を飛ぶのはどんな感じなのだろう。

so.ra.o./to.bu.no.wa./do.n.na./ka.n.ji./na.no./da.ro.
u.

在空中飛會是怎麼樣的感覺呢？

弟さんはどんな感じの方ですか？

o.to.u.to.sa.n.wa./do.n.na./ka.n.ji.no./ka.ta./de.su.
ka.

你弟弟是怎麼樣的人呢？

027

「～は何人いますか」

～有幾個人呢

員工有幾個人呢？

社員 は何人いますか？

sha.i.n. wa.na.n.ni.n.i.ma.su.ka.

單字輕鬆換：

友達 to.mo.da.chi.	朋友	メンバー me.n.ba.a.	成員
家族 ka.zo.ku.	家人	学生 ga.ku.se.i.	學生
子供 ko.do.mo.	小孩	スタッフ su.ta.ffu.	工作人員

句型說明：

疑問詞「何人」是「幾個人」的意思，「います」是「在～」之意，「～は何人いますか」即是詢問人數。如果是要詢問物品的數量，則是說「いくつありますか」、「どれぐらいありますか」。

萬用會話

A あなたの会社は、女性社員は何人いますか?

a.na.ta.no./ka.i.sha.wa./jo.se.i.sha.i.n.wa./na.n.ni.n./i.ma.su.ka.

你的公司有幾個女性員工呢?

B 女性社員は4名います。

jo.se.i.sha.i.n.wa./yo.n.me.i./i.ma.su.

女性員工有4個人。

延伸會話句

何人家族ですか?

na.n.ni.n./ka.zo.ku./de.su.ka.

你家有幾個人呢?

何人兄弟がいますか?

na.n.ni.n./kyo.u.da.i.ga./i.ma.su.ka.

你有幾個兄弟姊妹呢?

この大学って学生は何人ですか?

ko.no./da.i.ga.ku.tte./ga.ku.se.i.wa./na.n.ni.n./de.su.ka.

這所大學有多少學生?

この病院って、何人くらい医者がいるんですか?

ko.no./byo.u.i.n.tte./na.n.ni.n./ku.ra.i./i.sha.ga./i.ru.n./de.su.ka.

這間醫院有幾位醫師呢?

「～はどういう意味ですか」

～是什麼意思

這個是什麼意思？

これ	はどういう意味ですか？
ko.re.	wa.do.u.i.u.i.mi.de.su.ka.

單字輕鬆換：

あの絵 a.no.e.	那幅畫	今の言葉 i.ma.no.ko.to.ba.	剛才的話
この漢字 ko.no.ka.n.ji.	這個漢字	この英語 ko.no.e.i.go.	這句英語
この張り紙 ko.no.ha.ri.ga. mi.	這張公告	このアイコン ko.no.a.i.ko.n.	這個圖示

句型說明：

「どういう」是「怎麼樣」、「什麼樣」之意，「意味」則是「意思」。「～はどういう意味ですか」即是詢問「～是什麼意思？」。在看不懂的，或是聽不懂時，即可用這句話請對方加以解釋。

•萬用會話•

Ⓐ これはどういう意味ですか?

ko.re.wa./do.u.i.u./i.mi./de.su.ka.

這是什麼意思呢?

B 入ってはいけないという意味です。

ha.i.tte.wa./i.ke.na.i./to.i.u./i.mi.de.su.

禁止進入的意思。

•延伸會話句•

駆け込み乗車ってどういう意味ですか?

ka.ke.ko.mi.jo.u.sha.tte./do.u.i.u./i.mi./de.su.ka.

「駆け込み乗車」是什麼意思呢?

(「駆け込み乗車」:強行上車)

「エコ」とはどういう意味ですか?

e.ko./to.wa./do.u.i.u./i.mi.de.su.ka.

「エコ」是什麼意思呢?(「エコ」:環保)

「ETC」とはどういう意味ですか?

i.ti.shi./to.wa./do.u.i.u./i.mi./de.su.ka.

「ETC」是什麼意思呢?

この道路標識はどういう意味ですか?

ko.no./do.u.ro.hyo.u.shi.ki.wa./do.u.i.u./i.mi./de.su.

ka.

這個號誌是什麼意思呢?

「～はいつですか」

～是什麼時候呢

生日是什麼時候呢？

誕生日
た.ん.じょ.う.び
ta.n.jo.u.bi.

はいつですか？
wa.i.tsu.de.su.ka.

單字輕鬆換：

帰り ka.e.ri.	回去	発表 ha.ppyo.u.	發表
到着時刻 to.u.cha.ku.ji.ko.ku.	到達時間	支払日 shi.ha.ra.i.bi.	付款日
締め切り shi.me.ki.ri.	截止日	次の電車 tsu.gi.ni.de.n.sha.	下班電車

句型說明：

疑問詞「いつ」是「什麼時候」之意，可以用來詢問時間或日期。除了「いつ」之外，其他詢問時間的疑問詞還有「何曜日」(星期幾)、「何月」(幾月)、「何日」(幾日)、「何時」(幾點)等。

萬用會話

A あなたの誕生日はいつですか?

a.na.ta.no./ta.n.jo.u.bi.wa./i.tsu./de.su.ka.

你的生日是什麼時候呢?

B 6月1日です。

ro.ku.ga.tsu./tsu.i.ta.chi./de.su.

是6月1日。

延伸會話句

田中さんはいつ結婚したのですか?

ta.na.ka.sa.n.wa./i.tsu./ke.kko.n.shi.ta.no./de.su.ka.

田中先生是什麼時候結婚的呢?

いつ出発しますか?

i.tsu./shu.ppa.tsu./shi.ma.su.ka.

什麼時候出發呢?

いつご都合がよろしいですか?

i.tsu./go.tsu.go.u.ga./yo.ro.shi.i./de.su.ka.

請問您什麼時候方便?

いつお伺いしてよろしいですか?

i.tsu./o.u.ka.ga.i./shi.te./yo.ro.shi.i./de.su.ka.

請問什麼時候方便去拜訪呢?

🙂 030

「〜はどうでしたか」
〜怎麼樣呢

北海道怎麼樣呢？

北海道 **はどうでしたか？**
ほっかいどう

ho.kka.i.do.u.　wa.do.u.de.shi.ta.ka.

休暇　　　休假
kyu.u.ka.

学校　　　學校
ga.kko.u.

週末　　　週末
shu.u.ma.tsu.

結果　　　結果
ke.kka.

今日　　　今天
kyo.u.

コンサート　演唱會
ko.n.sa.a.to.

句型說明：

「どう」是「怎麼樣」的意思，要詢問別人出遊
或是活動後的感想時，因為是過去的事，所以通
常用過去式「でした」，變成「〜はどうでした
か」，較輕鬆非正式的場合則用普通形「どうだっ
た？」或「どう？」。

萬用會話

Ⓐ 北海道(ほっかいどう)はどうでしたか?

ho.kka.i.do.u.wa./do.u./de.shi.ta.ka.

北海道怎麼樣呢?

B 景色(けしき)もきれいだし、とても楽(たの)しかったです。

ke.shi.ki.mo./ki.re.i./da.shi./to.te.mo./ta.no.shi.ka.tta./de.su.

景色很美,玩得很開心。

延伸會話句

旅行(りょこう)はどうだった?

ryo.ko.u.wa./do.u./da.tta.

旅行怎麼樣?

新(あたら)しい仕事(しごと)はどう?

a.ta.ra.shi.i./shi.go.to.wa./do.u.

新工作怎麼樣?

東京(とうきょう)はどうですか?

to.u.kyo.u.wa./do.u./de.su.ka.

東京怎麼樣呢?

昨日(きのう)買(か)ったコーヒーはいかがでしたか?

ki.no.u./ka.tta./ko.o.hi.i.wa./i.ka.ga./de.shi.ta.ka.

覺得昨天買的咖啡怎麼樣?

「〜いかがですか」

〜怎麼樣

一起喝一杯怎麼樣？

いっぱい
1杯 **いかがですか？**
i.ppa.i. i.ka.ga.de.su.ka.

單字輕鬆換：

カレー	咖哩	これ	這個
ka.re.e.		ko.re.	
ビール	啤酒	いっしょに 一緒に	一起
bi.i.ru.		i.ssho.ni.	
このシャツ	這件襯衫	こんばん しょくじ 今晩、食事	今晚一起
ko.no.sha.tsu.		ko.n.ba.n.sho.ku. ji.	吃飯

句型說明：

「いかがですか」是比「どうですか」更有禮文雅的說法。通常是用在邀請或者詢問對方意見時，例如「お茶いかがですか」即是問對方要不要來杯茶或要不要一起喝茶。如果是動詞的話，則可以說「〜てはどうですか」。

073 •

●萬用會話●

Ⓐ 今晩、1杯いかがですか?
こんばん いっぱい

ko.n.ba.n./i.ppa.i./i.ka.ga./de.su.ka.

今晚一起去喝一杯怎麼樣?

Ⓑ いいですね。

i.i./de.su.ne.

好啊。

●延伸會話句●

お茶はいかがですか?
ちゃ

o.cha.wa./i.ka.ga./de.su.ka.

要不要來杯茶?

コーヒーをもう少しどうですか?
すこ

ko.o.hi.i.o./mo.u./su.ko.shi./do.u./de.su.ka.

要不要再來點咖啡?

来週の月曜日はどう?
らいしゅう げつようび

ra.i.shu.u.no./ge.tsu.yo.u.bi.wa./do.u.

下星期一怎麼樣?

お出かけしてはどうですか?
で

o.de.ka.ke./shi.te.wa./do.u./de.su.ka.

出去走走怎麼樣呢?

🔊 032

「どうして〜のですか」

為什麼〜呢

為什麼遲到呢？

どうして 遅れた のですか？

do.u.shi.te. o.ku.re.ta. no.de.su.ka.

單字輕鬆換：

別れた wa.ka.re.ta.	分手了	痩せたい ya.se.ta.i.	想變瘦
渋滞する ju.u.ta.i.su.ru.	塞車	言わない i.wa.na.i.	不說
解散する ka.i.sa.n.su.ru.	解散	倒産した to.u.sa.n.shi.ta.	破產了

句型說明：

「どうして」是「為什麼」的意思，也可以說「なぜ」，「どうしてですか」是「為什麼呢」。而「どうして〜のですか」則是加強了語氣在詢問原因，例如看到了對方的某個動作，想要更深入了解原由時，就會用「どうして〜のですか」。

萬用會話

A どうして遅れたのですか?

do.u.shi.te./o.ku.re.ta.no./de.su.ka.

為什麼遲到呢?

B 道路で事故があったのです。

do.u.ro.de./ji.ko.ga./a.tta.no./de.su.

因為路上有交通事故。

延伸會話句

二次会、どうして来なかったんですか?

ni.ji.ka.i./do.u.shi.te./ko.na.ka.tta.n./de.su.ka.

怎麼沒來續攤呢?

前の仕事はどうしてやめたの?

ma.e.no./shi.go.to.wa./do.u.shi.te./ya.me.ta.no.

之前的工作為什麼辭職呢?

なぜそう思うのですか?

na.ze./so.u./o.mo.u.no./de.su.ka.

為什麼這麼想呢?

なぜ彼らは人気があるのでしょうか?

na.ze./ka.re.ra.wa./ni.n.ki.ga./a.ru.no./de.sho.u.ka.

他們為什麼這麼受歡迎呢?

033

「～ないのですか」

不～嗎

不累嗎？

疲れてい	ないのですか？
tsu.ka.re.te.i.	na.i.no.de.su.ka.

單字輕鬆換：

寒く	冷	つらく	痛苦
sa.mu.ku.		tsu.ra.ku.	

心配し	擔心	ご存知	知道
shi.n.pa.i.shi.		go.zo.n.ji.	

悔しく	不甘心	恥ずかしく	害羞
ku.ya.shi.ku.		ha.zu.ka.shi.ku.	

句型說明：

「否定形+ですか」的意思是「不～嗎」，在句中加上「の」變成「～ないのですか」，是察覺狀況之後，關心情況或是詢問對方的感受。

A 疲れていないのですか?

tsu.ka.re.te./i.na.i.no./de.su.ka.

不累嗎?

B たっぷり休んできましたから、大丈夫です。

ta.ppu.ri./ya.su.n.de./ki.ma.shi.ta./ka.ra./da.i.jo.u.
bu./de.su.

之前充分休息了,沒問題。

●●●
延伸會話句

何か忘れてはいませんか?

na.ni.ka./wa.su.re.te.wa./i.ma.se.n.ka.

沒忘了什麼嗎?

そう思わない?

so.u./o.mo.wa.na.i.

你不這麼認為嗎?

それって結構大変じゃない?

so.re.tte./ke.kko.u./ta.i.he.n./ja.na.i.

那不是很辛苦(糟糕)嗎?

野球は好きではないのですか?

ya.kyu.u.wa./su.ki./de.wa.na.i.no./de.su.ka.

你不喜歡棒球嗎?

034

「どう～ばいいですか」

該怎麼～才好

該怎麼打開呢？

どう **開ければ** いいですか？

do.u. a.ke.re.ba. i.i.de.su.ka.

單字輕鬆換：

行けば i.ke.ba.	去	予防すれば yo.bo.u.su.re.ba.	預防
注文すれば chu.u.mo.n.su.re. ba.	訂購	発音すれば ha.tsu.o.n.su.re.ba.	發音
連絡すれば re.n.ra.ku.su.re.ba.	聯絡	説明すれば se.tsu.me.i.su.re.ba.	說明

句型說明：

「どう～ばいいですか」也可以說「どうやって
～ばいいでしょうか」，通常是用於詢問意見、
請別人給予建議的時候。

萬用會話

A このケースはどう開ければいいですか?

ko.no./ke.e.su.wa./do.u./a.ke.re.ba./i.i./de.su.ka.

這個盒子要怎麼開呢?

B そうですね。鍵がないと無理みたいですが…。

so.u.de.su.ne./ka.gi.ga./na.i.to./mu.ri.mi.ta.i./de.su.ga.

這個啊,沒有鑰匙的話大概沒辦法。

延伸會話句

なんとお呼びすればいいでしょうか?

na.n.to./o.yo.bi./su.re.ba./i.i./de.sho.u.ka.

該怎麼稱呼呢?

この漢字はどのように発音すればいいですか?

ko.no./ka.n.ji.wa./do.no.yo.u.ni./ha.tsu.o.n./su.re.ba./i.i./de.su.ka.

這個漢字該怎麼發音呢?

困ったときはどこに行けばいいですか?

ko.ma.tta./to.ki.wa./do.ko.ni./i.ke.ba./i.i./de.su.ka.

有問題的時候該去哪裡呢?

誰に聞けばいい?

da.re.ni./ki.ke.ba./i.i.

該問誰呢?

035

「何が～ですか」

有什麼～嗎

有什麼推薦的嗎？

何が	おすすめ	ですか？
na.ni.ga.	o.su.su.me.	de.su.ka.

單字輕鬆換：

好き su.ki.	喜歡	あったの a.tta.no.	發生了
食べたい ta.be.ta.i.	想吃的	ダメなの da.me.na.no.	不行
変わるの ka.wa.ru.no.	變化	すごいの su.go.i.no.	屬害

句型說明：

「何が～ですか」用於詢問「有什麼～呢」，像
是問喜歡的東西「何が好きですか」(喜歡什麼)。
另外也可以用「～は何ですか」的句型，如「何が
おすすめですか」也可以說「おすすめは何です
か」。

•萬用會話•

Ⓐ 東京のお土産は何がおすすめですか？

to.u.kyo.u.no./o.mi.ya.ge.wa./na.ni.ga./o.su.su.me./
de.su.ka.

有什麼推薦的東京名產嗎？

Ⓑ 東京ばな奈はどう？空港でも買えます。

to.u.kyo.u.ba.na.na.wa./do.u./ku.u.ko.u.de.mo./ka.
e.ma.su.

東京芭奈奈怎麼樣？機場也買得到。

•延伸會話句•

スペイン料理で何が好きですか？

su.pe.i.n.ryo.u.ri.de./na.ni.ga./su.ki./de.su.ka.

喜歡什麼西班牙料理呢？

何が起きたの？

na.ni.ga./o.ki.ta.no.

發生了什麼事？

何をお飲みになりますか？

na.ni.o./o.no.mi.ni./na.ri.ma.su.ka.

請問要喝點什麼呢？

何をしたいのですか？

na.ni.o./shi.ta.i.no./de.su.ka.

想做什麼呢？

036

「どんな〜ですか」

什麼樣的〜呢

他是怎麼樣的人？

彼はどんな 人 ですか?

ka.re.wa.do.n.na. hi.to. de.su.ka.

單字輕鬆換：

上司 jo.u.shi.	主管	先輩 se.n.pa.i.	前輩
性格 se.i.ka.ku.	個性	父親 chi.chi.o.ya.	父親
政治家 se.i.ji.ka.	政治家	お人柄 o.hi.to.ga.ra.	為人

句型說明：

疑問詞「どんな」是「怎麼樣的」之意，後面接上名詞「どんな〜ですか」就是問「是怎麼樣的〜」。如「どんな性格ですか」(是怎麼樣的個性呢)、「どんな仕事ですか」(是怎麼樣的工作呢)。

•萬用會話•

Ⓐ 彼はどんな人ですか？

ka.re.wa./do.n.na./hi.to./de.su.ka.

他是怎麼樣的人呢？

B 性格が良くて、親切な人ですよ。

se.i.ka.ku.ga./yo.ku.te./shi.n.se.tsu.na./hi.to./de.su.
yo.

個性很好，很親切的人喔。

•延伸會話句•

日本はどんな国ですか？

ni.ho.n.wa./do.n.na./ku.ni./de.su.ka.

日本是怎麼樣的國家呢？

どんな種類の日本酒がありますか？

do.n.na./shu.ru.i.no./ni.ho.n.shu.ga./a.ri.ma.su.ka.

有哪些種類的日本酒呢？

どんなところに住みたいですか？

do.n.na./to.ko.ro.ni./su.mi.ta.i./de.su.ka.

想住什麼樣的地方呢？

どんな話をしていますか？

do.n.na./ha.na.shi.o./shi.te./i.ma.su.ka.

在說什麼呢？

037

「何時に〜ですか」
なんじ

幾點〜呢

幾點集合？

何時に	集合	ですか?
na.n.ji.ni.	shu.u.go.u.	de.su.ka.

しゅうごう

單字輕鬆換：

お休み o.ya.su.mi.	休息	お帰り o.ka.e.ri.	回去
搭乗開始 to.u.jo.u.ka.i.shi.	開始登機	行く予定 i.ku.yo.te.i.	預計要去
終わりそう o.wa.ri.so.u.	能結束	出発したい shu.ppa.tsu.shi.ta.i.	想出發

句型說明：

疑問詞「何時」是用於詢問時間，和「いつ」不同的是，「何時」只用於詢問幾點，而不用於詢問日期。

●萬用會話●

A 明日は何時に集合ですか?

a.shi.ta.wa./na.n.ji.ni./shu.u.go.u./de.su.ka.

明天幾點集合呢?

B 8時にロビーで集合です。

ha.chi.ji.ni./ro.bi.i.de./shu.u.go.u./de.su.

8點在大廳集合。

●延伸會話句●

いつも何時に寝るのですか?

i.tsu.mo./na.n.ji.ni./ne.ru.no./de.su.ka.

通常是幾點睡?

何時までに起きるつもりですか?

na.n.ji.ma.de.ni./o.ki.ru./tsu.mo.ri./de.su.ka.

你幾點才要睡呢?

会議は何時にしたらいいですか?

ka.i.gi.wa./na.n.ji.ni./shi.ta.ra./i.i./de.su.ka.

會議要訂幾點好呢?

今何時か分かる?

i.ma./na.n.ji.ka./wa.ka.ru.

你知道現在幾點嗎?

038

「どれが〜ですか」

哪個〜呢

哪個便宜呢？

どれが 安（やす）い ですか?

do.re.ga. ya.su.i. de.su.ka.

單字輕鬆換：

ほしい ho.shi.i.	想要	あなたの a.na.ta.no.	你的
正（ただ）しい ta.da.shi.i.	正確	一番（いちばん）いい i.chi.ba.n.i.i.	最好
面白（おもしろ）そう o.mo.shi.ro. so.u.	覺得有趣	お気（き）に入（い）り o.ki.ni.i.ri.	中意

句型說明：

疑問詞「どれ」是在眾多物品之中，問對方是「哪一個」。另外也可用「どちら」、「どっち」。類似的句型還有「どの〜が〜ですか」如「どの野菜（やさい）が安（やす）いですか」（哪種菜比較便宜）。

•萬用會話•

Ⓐ どれが安_{やす}いですか?

do.re.ga./ya.su.i./de.su.ka.

哪個便宜呢?

B この黄色_{き いろ}いのが一番安_{いちばんやす}いです。

ko.no./ki.i.ro.i.no.ga./i.chi.ba.n./ya.su.i./de.su.

這個黃色的最便宜。

•延伸會話句•

どちらがいいですか?

do.chi.ra.ga./i.i./de.su.ka.

哪個好呢?

一番人気_{いちばんにんき}なのはどれですか?

i.chi.ba.n.ni.n.ki./na.no.wa./do.re./de.su.ka.

最受歡迎的是哪個呢?

彼_{かれ}らのうち、どちらがうまく踊_{おど}れますか?

ka.re.ra.no./u.chi./do.chi.ra.ga./u.ma.ku./o.do.re.
ma.su.ka.

他們之中,誰跳得最好呢?

どのクレジットカードが使_{つか}えますか?

do.no./ku.re.ji.tto.ka.a.do.ga./tsu.ka.e.ma.su.ka.

哪張信用卡可以用呢?

039

「～は誰ですか」

～是誰

那個人是誰？

あの人 は誰ですか？
a.no.hi.to.   wa.da.re.de.su.ka.

單字輕鬆換：

彼女 ka.no.jo.	她	犯人 ha.n.ni.n.	犯人
一番大切な人 i.chi.ba.n.ta.i.se.tsu. na.hi.to.	最重要 的人	責任者 se.ki.ni.n.sha.	負責人
あなた a.na.ta.	你		

句型說明：

疑問詞「誰」是用來詢問「是誰」，較禮貌的說
法是「どなた」、「どちら樣」。在電話或是待
客時問「どちら樣ですか」即是「請問您是哪位」
之意。除了「～は誰ですか」的句型之外，「誰が
～ですか」(誰是～)也是類似的意思。

‧萬用會話‧

Ⓐ あの人は誰ですか?

a.no.hi.to.wa./da.re./de.su.ka.

那個人是誰?

B 営業課の鈴木課長です。

e.i.gyo.u.ka.no./su.zu.ki.ka.cho.u./de.su.

是業務課的鈴木課長。

‧延伸會話句‧

どなたですか?

do.na.ta./de.su.ka.

請問是哪位?

どちら様ですか?

do.chi.ra.sa.ma./de.su.ka.

請問您是哪位呢?

そこに立っている男は誰ですか?

so.ko.ni./ta.tte.i.ru./o.to.ko.wa./da.re./de.su.ka.

站在那裡的男的是誰?

誰がドアを壊したのですか?

da.re.ga./do.a.o./ko.wa.shi.ta.no./de.su.ka.

是誰把門弄壞的?

040

「誰の～ですか」

是誰的～呢

是誰的外套呢？

誰の　　コート　　ですか?
da.re.no.　ko.o.to.　de.su.ka.

單字輕鬆換：

カギ ka.gi.	鑰匙	もの mo.no.	東西
かばん ka.ba.n.	包	財布 sa.i.fu.	錢包
スマホ su.ma.ho.	手機	サングラス sa.n.gu.ra.su.	太陽眼鏡

句型說明：

本句型也是用到疑問詞「誰」，加了所有格「の」
即是問「誰的」。後面接名詞則「誰の～ですか」
即是詢問「是誰的～」。此句型也可以延伸為「こ
の～は誰のですか」(這個～ 是誰的)。

•萬用會話•

A これは誰のコートですか?

ko.re.wa./da.re.no./ko.o.to./de.su.ka.

這是誰的外套?

B すみません、わたしのです。

su.mi.ma.se.n./wa.ta.shi.no./de.su.

不好意思,是我的。

•延伸會話句•

ここは誰の部屋ですか?

ko.ko.wa./da.re.no./he.ya./de.su.ka.

這是誰的房間?

このバットは誰のですか?

ko.no./ba.tto.wa./da.re.no./de.su.ka.

這球棒是誰的?

これが誰の車か知っていますか?

ko.re.ga./da.re.no./ku.ru.ma.ka./shi.tte./i.ma.su.ka.

你知道這是誰的車嗎?

あの人は誰の友達ですか?

a.no.hi.to.wa./da.re.no./to.mo.da.chi./de.su.ka.

那個人是誰的朋友呢?

「どこで～ますか」

在哪～呢

在哪裡能買到呢？

どこで | 買え | ますか？

do.ko.de. | ka.e. | ma.su.ka.

單字輕鬆換：

乗れ no.re.	能乘坐	でき de.ki.	辦得到
作れ tsu.ku.re.	能做	座れ su.wa.re.	能坐
見れ mi.re.	看得到	使え tsu.ka.e.	能使用

句型說明：

疑問詞「どこ」是「哪裡」之意，用於詢問地點。「どこで～ますか」是「在哪～呢」，例如「どこで買いますか」(要在哪裡買)。這裡主要是用表示可能性的可能動詞，問「可以在哪裡～呢」，如「どこで買えますか」(可以在哪裡買到呢)。

萬用會話

A チケットはどこで買えますか？

chi.ke.tto.wa./do.ko.de./ka.e.ma.su.ka.

在哪能買到票呢？

B ここで買えますよ。

ko.ko.de./ka.e.ma.su.yo.

這裡買得到喔。

延伸會話句

このギフトカードはどこで利用できますか？

ko.no./gi.fu.to.ka.a.do.wa./do.ko.de./ri.yo.u./de.ki.
ma.su.ka.

這張禮券可以在哪裡用呢？

申込書はどこでもらえますか？

mo.u.shi.ko.mi.sho.wa./do.ko.de./mo.ra.e.ma.su.
ka.

哪裡可以拿到申請書呢？

どこで両替できますか？

do.ko.de./ryo.u.ga.e./de.ki.ma.su.ka.

哪裡可以換錢呢？

どこにサインすればいいですか？

do.ko.ni./sa.i.n./su.re.ba./i.i./de.su.ka.

要在哪裡簽名呢？

042

「～はどこですか」

～在哪裡

入口在哪裡？

 はどこですか？

i.ri.gu.chi.　wa.do.ko.de.su.ka.

單字輕鬆換：

駅	車站	ここ	這裡
e.ki.		ko.ko.	
会場	會場	トイレ	廁所
ka.i.jo.u.		to.i.re.	
わたしの席	我的座位	駐車場	停車場
wa.ta.shi.no.se.ki.		chu.u.sha.jo.u.	

句型說明：

「～はどこですか」是用於問路、問所在位置的時候，「～」通常是放名詞。疑問詞「どこ」的其他用法，還有「どこへ」(往哪裡)、「どこに」(在哪裡)。

萬用會話

Ⓐ すみません、入口はどこですか?

su.mi.ma.se.n./i.ri.gu.chi.wa./do.ko./de.su.ka.

不好意思,請問入口在哪裡?

Ⓑ 真っすぐ行って、右にあります。

ma.ssu.gu./i.tte./mi.gi.ni./a.ri.ma.su.

直走,(入口)就在右邊。

延伸會話句

お会計はどこですか?

o.ka.i.ke.i.wa./do.ko./de.su.ka.

在哪裡結帳?

出身はどこですか?

shu.sshi.n.wa./do.ko./de.su.ka.

你的故鄉是哪裡呢?

どこへ行きましたか?

do.ko.e./i.ki.ma.shi.ta.ka.

你去了哪裡?

今、どこにいますか?

i.ma./do.ko.ni./i.ma.su.ka.

你現在在哪裡?

043

「～はいくらですか」

～多少錢

2
發
問

這雙鞋子多少錢？

この靴（くつ） はいくらですか？

ko.no.ku.tsu. wa.i.ku.ra.de.su.ka.

單字輕鬆換：

これ ko.re.	這個	1人（ひとり） hi.to.ri.	1個人
料金（りょうきん） ryo.u.ki.n.	費用	送料（そうりょう） so.u.ryo.u.	運費
手数料（てすうりょう） te.su.u.ryo.u.	手續費	部屋代（へやだい） he.ya.da.i.	住房費

句型說明：

疑問詞「いくら」是用於詢問數量或是金額。在購買物品要詢問價錢時，即可說「いくらですか」(請問多少錢)。

Ⓐ この靴<ruby>靴<rt>くつ</rt></ruby>はいくらですか?

ko.no.ku.tsu.wa./i.ku.ra./de.su.ka.

這雙鞋子多少錢?

B 1万<ruby>万<rt>いちまん</rt></ruby>2千円<ruby>千円<rt>にせんえん</rt></ruby>です。

i.chi.ma.n./ni.se.n.e.n./de.su.

1萬2千元。

•延伸會話句•

全部<ruby>全部<rt>ぜんぶ</rt></ruby>でいくらですか?

ze.n.bu.de./i.ku.ra./de.su.ka.

全部多少錢?

今日<ruby>今日<rt>きょう</rt></ruby>のレートはいくらですか?

kyo.u.no./re.e.to.wa./i.ku.ra./de.su.ka.

今天的匯率(利率)是多少?

今<ruby>今<rt>いま</rt></ruby>、貯金<ruby>貯金<rt>ちょきん</rt></ruby>はいくらありますか?

i.ma./cho.ki.n.wa./i.ku.ra./a.ri.ma.su.ka.

現在有多少儲蓄?

空港<ruby>空港<rt>くうこう</rt></ruby>までいくらかかりますか?

ku.u.ko.u./ma.de./i.ku.ra./ka.ka.ri.ma.su.ka.

到機場要多少錢?

「～はどのくらいですか」

～大約多少／多久

薪水大約多少呢？

きゅうりょう
給料 はどのくらいですか？
kyu.u.ryo.u.   wa.do.no.ku.ra.i.de.su.ka.

單字輕鬆換：

ねんしゅう 年収 ne.n.shu.u.	年收入	カロリー ka.ro.ri.i.	熱量
おお 大きさ o.o.ki.sa.	大小	たいじゅう 体重 ta.i.ju.u.	體重
ま じかん 待ち時間 ma.chi.ji.ka.n.	等待時間	ほぞんきかん 保存期間 ho.zo.n.ki.ka.n.	保存期限

句型說明：

「くらい」是「大約」、「大致」之意。「どの
くらい」是「大約多少」的意思，用於詢問大致
的數量或是事物的程度。

2
疑問

・萬用會話・

Ⓐ アシスタントの給料はどのくらいですか？

a.shi.su.ta.n.to.no./kyu.u.ryo.u.wa./do.no./ku.ra.i./de.su.ka.

助理的薪水大約多少呢？

Ⓑ だいたい20万円くらいです。

da.i.ta.i./ni.ju.u.ma.n.e.n./ku.ra.i./de.su.

大約20萬左右。

・延伸會話句・

駅までどのくらいの距離ありますか？
e.ki./ma.de./do.no.ku.ra.i.no./kyo.ri./a.ri.ma.su.ka.

到車站大概多遠距離呢？

今度の試験ってどのくらい難しいんですか？
ko.n.do.no./shi.ke.n.tte./do.no./ku.ra.i./mu.zu.ka.shi.i.n./de.su.ka.

這次的考試有多難呢？

東京にどのくらいいる予定ですか？
to.u.kyo.u.ni./do.no./ku.ra.i./i.ru./yo.te.i./de.su.ka.

預計在東京停留多久呢？

今朝はどのくらい遅刻したんですか？
ke.sa.wa./do.no./ku.ra.i./chi.ko.ku./shi.ta.n./de.su.ka.

今天早上遲到多久呢？

045

「～は何ですか」
～是什麼

叫什麼名字？

名前	は何ですか？
na.ma.e.	wa.na.n.de.su.ka.

單字輕鬆換：

質問	問題	専攻	主修
shi.tsu.mo.n.		se.n.ko.u.	
お仕事	工作	おすすめ	推薦
o.shi.go.to.		o.su.su.me.	
あの建物	那棟建築	将来の夢	夢想
a.no.ta.te.mo.no.		sho.u.ra.i.no.yu.me.	

句型說明：

「～は何ですか」是「是什麼」之意，用於詢問
事物。「～」的部分是放名詞。

萬用會話

Ⓐ この歌の名前は何ですか?

ko.no./u.ta.no./na.ma.e.wa./na.n./de.su.ka.

這首歌名是什麼?

B さくらです。

sa.ku.ra./de.su.

是「櫻花」。

延伸會話句

これは何ですか?

ko.re.wa./na.n./de.su.ka.

這是什麼?

スカイプって何ですか?

su.ka.i.pu.tte./na.n./de.su.ka.

什麼是SKYPE?

ホテルの名前は何でしたっけ?

ho.te.ru.no./na.ma.e.wa./na.n./de.shi.ta.kke.

飯店的名字是什麼?(聽過但忘了)

何の絵ですか?

na.n.no./e./de.su.ka.

是什麼的畫?

046

「〜は何と言いますか」
〜怎麼說

這怎麼說？／這叫什麼？

これ	は何と言いますか？
ko.re.	wa.na.n.to.i.i.ma.su.ka.

單字輕鬆換：

あれ a.re.	那個	この花 ko.no.ha.na.	這種花
この単語 ko.no.ta.n.go.	這個單字	この動物 ko.no.do.u.bu.tsu.	這種動物
この職業 ko.no.sho.ku.gyo.u.	這個職業	こんな状況 ko.n.na.jo.u.kyo.u.	這種狀況

句型說明：

「〜は何と言いますか」是不知道名稱或是不知道說法的時候，詢問對方「怎麼說」。如「日本語でこれは何と言いますか」即是問「這個的日語怎麼說」。

•萬用會話•

A 日本語でこれは何と言いますか？

ni.ho.n.go.de./ko.re.wa./na.n.to./i.i.ma.su.ka.

這個的日語怎麼說？

B ゴミ箱です。

go.mi.ba.ko./de.su.

是「ごみばこ」（垃圾桶）。

•延伸會話句•

これは日本語で何と言いますか？

ko.re.wa./ni.ho.n.go.de./na.n.to./i.i.ma.su.ka.

這用日語怎麼説？

「name」は日本語で何でしょう？

name.wa./ni.ho.n.go.de./na.n./de.sho.u.

「name」的日語是什麼？

「baseball」を日本語で何と言いますか？

baseball.o./ni.ho.n.go.de./na.n.to./i.i.ma.su.ka.

「baseball」的日語怎麼説？

このことわざを日本語で何と言うのか？

ko.no./ko.to.wa.za.o./ni.ho.n.go.de./na.n.to./i.u.no.
ka.

這句俚語用日語怎麼説？

敬語？タメ口？

日文會依說話對象、禮貌程度不同，使用不同的文法形式。和初識的朋友或是尊長、客戶等說話時用的，稱為「敬語」；和晚輩親友等不太需要拘泥禮貌時則是用「タメ口」。要分辨「敬語」和「タメ口」最快的方法，就是從句子的句尾形式來判斷，如果動詞後面是「ます」、名詞及形容詞後面用的是「です」，就是敬語，反之則是タメ口。以下是分別用「敬語」和「タメ口」所進行的對話，可從文法形式比較。

敬語

Ⓐ どこに住んでいますか？
你住在哪裡呢？

Ⓑ 子供の時からずっと台北に住んでいます。
我從小就住在台北。

タメ口

Ⓐ どこに住んでるの？
你住哪？

Ⓑ 子供の時からずっと台北に住んでる。
我從小就住台北喔。

3

人際溝通

047

「～と言っていました」

他說～

他說不會來。

来ない	と言っていました。
ko.na.i.	to.i.tte.i.ma.shi.ta.

單字輕鬆換：

飽きた a.ki.ta.	膩了	役に立つ ya.ku.ni.ta.tsu.	有用
すぐ戻る su.gu.mo.do.ru.	立刻回來	やらない ya.ra.na.i.	不做
結婚する ke.kko.n.su.ru.	結婚	靴がほしい ku.tsu.ga.ho.shi.i.	想要鞋子

句型說明：

「～と言っていました」也可以說「～って言っていました」。用於轉達別人說過的話，意思是「他說～」、「他說過」。如果是朋友親人間等非正式的場合，就可以用較簡單的形式「～って」，如「彼が来ないって」(他說不來)。

萬用會話

Ⓐ 小林くんは？

ko.ba.ya.shi.ku.n.wa.

小林呢？

B 彼は今日来ないと言っていました。

ka.re.wa./kyou./ko.na.i.to./i.tte./i.ma.shi.ta.

他説今天不來。

延伸會話句

彼女はそう言っていました。

ka.no.jo.wa./so.u./i.tte./i.ma.shi.ta.

她這麼説。

彼は5時半に戻るって言ってた。

ka.re.wa./go.ji.ha.n.ni./mo.do.ru.tte./i.tte.ta.

他説5點半會回來。

彼女がどうしても辞めたいって。

ka.no.jo.ga./do.u.shi.te.mo./ya.me.ta.i.tte.

她説無論如何都想辭職。

父は今月数キロ痩せたと言っていました。

chi.chi.wa./ko.n.ge.tsu./su.u.ki.ro./ya.se.ta.to./i.tte./i.ma.shi.ta.

父親説這個月瘦了幾公斤。

048

「～をもらえますか」

可以給我～嗎

可以給我收據嗎？

りょうしゅうしょ 領収書	をもらえますか？
ryo.u.shu.u.sho.	o.mo.ra.e.ma.su.ka.

單字輕鬆換：

もうふ 毛布 mo.u.fu.	毯子	サイン sa.i.n.	簽名
パンフレット pa.n.fu.re.tto.	簡介	取り皿 to.ri.za.ra.	小盤子
じこくひょう 時刻表 ji.ko.ku.hyo.u.	時刻表	ビニール袋 bi.ni.i.ru.bu.ku.ro.	塑膠袋

句型說明：

「もらいます」是「拿到」的意思，「もらえます」是「可以拿到」之意。故「～をもらえますか」是問「可以拿到～嗎」之意，用於請對方給某樣東西。更禮貌的說法是「～をいただいてもいいですか」。

●萬用會話

Ⓐ 領収書をもらえますか？

ryo.u.shu.u.sho.o./mo.ra.e.ma.su.ka.

可以給我收據嗎？

B はい、かしこまりました。

ha.i./ka.shi.ko.ma.ri.ma.shi.ta.

好的。

●延伸會話句

パンのおかわりをもらえる？

pa.n.no./o.ka.wa.ri.o./mo.ra.e.ru.

可以再給我麵包嗎？

あの料理と同じものをもらえますか？

a.no./ryo.u.ri.to./o.na.ji.mo.no.o./mo.ra.e.ma.su.ka.

可以給我和那個一樣的料理的嗎？

何かアドバイスをもらえませんか？

na.ni.ka./a.do.ba.i.su.o./mo.ra.e.ma.se.n.ka.

可以給我些意見嗎？

もう少し時間をいただいてもいいですか？

mo.u./su.ko.shi./ji.ka.n.o./i.ta.da.i.te.mo./i.i.de.su.
ka.

可以再給我些時間嗎？

「～てもらえませんか」

可以為我～嗎

可以告訴我嗎？

<ruby>教<rt>おし</rt></ruby>えて　　もらえませんか？

o.shi.e.te.　　mo.ra.e.ma.se.n.ka.

單字輕鬆換：

<ruby>送<rt>おく</rt></ruby>って o.ku.tte.	送	<ruby>説明<rt>せつめい</rt></ruby>して se.tsu.me.i.shi.te.	說明
<ruby>案内<rt>あんない</rt></ruby>して a.n.na.i.shi.te.	介紹	<ruby>手伝<rt>てつだ</rt></ruby>って te.tsu.da.tte.	幫忙
<ruby>値引<rt>ねび</rt></ruby>きして ne.bi.ki.shi.te.	打折	ゆっくり<ruby>話<rt>はな</rt></ruby>して yu.kku.ri.ha.na. shi.te.	慢慢說

句型說明：

前一個句型「～をもらえますか」是用於要求東西時；若是要請對方幫自己做某件事，則是「～てもらえませんか」的句型，「～て」是用動詞て型，表示希望對方做的動作。也可以說「～てもらえますか」。

●萬用會話●

A この花の名前を教えてもらえませんか？

ko.no./ha.na.no./na.ma.e.o./o.shi.e.te./mo.ra.e.ma.se.n.ka.

可以告訴我這種花的名字嗎？

B これは「アジサイ」という花です。

ko.re.wa./a.ji.sa.i./to.i.u./ha.na.de.su.

這種花叫紫陽花。

●延伸會話句●

席を替わってもらえませんか？

se.ki.o./ka.wa.tte./mo.ra.e.ma.se.n.ka.

可以請你和我換位子嗎？

ペンを貸してもらえませんか？

pe.n.o./ka.shi.te./mo.ra.e.ma.se.n.ka.

可以借我筆嗎？

一緒に写真を撮ってもらえませんか？

i.ssho.ni./sha.shi.n.o./to.tte./mo.ra.e.ma.se.n.ka.

可以和我一起照相嗎？

書類を取ってもらえませんか？

sho.ru.i.o./to.tte./mo.ra.e.ma.se.n.ka.

可以幫我拿資料嗎？

●112

🎧 050

「〜をもらいました」

收到了〜

收到了禮物。

プレゼント	をもらいました。
pu.re.ze.n.to.	o.mo.ra.i.ma.shi.ta.

單字輕鬆換：

電話 de.n.wa.	電話	勇気 yu.u.ki.	勇氣
連絡 re.n.ra.ku.	聯絡	感想 ka.n.so.u.	感想
おみやげ o.mi.ya.ge.	伴手禮	アドバイス a.do.ba.i.su.	建議

句型說明：

「もらいます」的過去式是「もらいました」。
「〜をもらいました」是「收到了〜」的意思。
若是要說明從誰那裡收到，則是用「から」，句
型「〜から〜をもらいました」或是「〜に〜を
もらいました」。

3
人際溝通

萬用會話

A 昨日の誕生日会はどうでしたか？

ki.no.u.no./ta.n.jo.u.bi.ka.i.wa./do.u.de.shi.ta.ka.

昨天的慶生會怎麼樣？

B 楽しかったです。友達からたくさんプレゼント
をもらいました。

ta.no.shi.ka.tta./de.su./to.mo.da.chi.ka.ra./ta.ku.sa.
n./pu.re.ze.n.to.o./mo.ra.i.ma.shi.ta.

很開心。收到很多朋友給的禮物。

延伸會話句

わたしに何をしてもらいたいのですか？

wa.ta.shi.ni./na.ni.o./shi.te./mo.ra.i.ta.i.no./de.su.
ka.

你想要我幫你做什麼？

荷物を預かってもらいたいのですが。

ni.mo.tsu.o./a.zu.ka.tte./mo.ra.i.ta.i.no./de.su.ga.

可以請你幫我保管行李嗎？

先生に英語を直してもらいました。

se.n.se.i.ni./e.i.go.o./na.o.shi.te./mo.ra.i.ma.shi.ta.

請老師更正了我的英語。

彼氏に指輪を買ってもらった。

ka.re.shi.ni./yu.bi.wa.o./ka.tte./mo.ra.tta.

男友為我買了戒指。

「～を見せてください」
請給我看～

請給我看那個。

それ	を見せてください。
so.re.	o.mi.se.te.ku.da.sa.i.

單字輕鬆換：

宿題	功課	チケット	票
shu.ku.da.i.		chi.ke.tto.	
メニュー	菜單	この手袋	這副手套
me.nyu.u.		ko.no.te.bu.ku.ro.	
あのバッグ	那個包	その赤いの	那個紅色的
a.no.ba.ggu.		so.no.a.ka.i.no.	

句型說明：

「見せる」是「出示」、「給人看」的意思。「～を見せてください」是「請給我看～」之意。在商店裡有想看的物品時，就可以說「それを見せてください」（請拿那個給我看）。

•萬用會話•

Ⓐ すみません。それを見せてください。

su.mi.ma.se.n./so.re.o./mi.se.te./ku.da.sa.i.

不好意思，請給我看那個。

Ⓑ どれをご覧になりたいのですか？

do.re.o./go.ra.n.ni./na.ri.ta.i.no./de.su.ka.

您想要看哪一個呢？

•延伸會話句•

会員証を拝見できますか？

ka.i.i.n.sho.u.o./ha.i.ke.n./de.ki.ma.su.ka.

可以讓我看您的會員證嗎？

切符を拝見します。

ki.ppu.o./ha.i.ke.n.shi.ma.su.

請讓我看您的車票。

あのドライヤーを見たいのですが。

a.no./do.ra.i.ya.a.o./mi.ta.i.no./de.su.ga.

我想看那個吹風機。

このネックレスを見せていただけますか？

ko.no./ne.kku.re.su.o./mi.se.te./i.ta.da.ke.ma.su.ka.

我可以看看這條項鍊嗎？

「〜はできますか」

可以〜嗎

可以取消嗎？

キャンセル	はできますか？
kya.n.se.ru.	wa.de.ki.ma.su.ka.

單字輕鬆換：

予約	預約	変更	變更
yo.ya.ku.		he.n.ko.u.	

撮影	攝影	指定	指定
sa.tsu.e.i.		shi.te.i.	

削除	刪除	払い戻し	退費
sa.ku.jo.		ha.ra.i.mo.do.shi.	

句型說明：

「できます」是「します」(做)的可能形，意思
是「可以做」，「〜はできますか」即是「可以
〜嗎」之意。

萬用會話

A 注文のキャンセルはできますか？
ちゅうもん

chu.u.mo.n.no./kya.n.se.ru.wa./de.ki.ma.su.ka.

可以取消訂購嗎？

B はい、お電話でキャンセルを承ります。
でんわ　　　　　　　　　　　　　　うけたまわ

ha.i./o.de.n.wa.de./kya.n.se.ru.o./u.ke.ta.ma.wa.ri.
ma.su.

可以，請來電取消。

延伸會話句

海外へのお届けはできますか？
かいがい　　　　とど

ka.i.ga.i.e.no./o.to.do.ke.wa./de.ki.ma.su.ka.

可以運送到國外嗎？

電話番号を変更することはできますか？
でんわばんごう　　へんこう

de.n.wa.ba.n.go.u.o./he.n.ko.u.su.ru./ko.to.wa./de.
ki.ma.su.ka.

可以改電話號碼嗎？

辛くできますか？
から

ka.ra.ku./de.ki.ma.su.ka.

可以做辣一點嗎？

ネットで予約できますか？
よやく

ne.tto.de./yo.ya.ku./de.ki.ma.su.ka.

可以網路預約嗎？

「～を教えてください」

請告訴我～

請告訴我使用方法。

使い方 を教えてください。
つか かた おし
tsu.ka.i.ka.ta. o.o.shi.e.te.ku.da.sa.i.

單字輕鬆換：

道 mi.chi.	道路	値段 ne.da.n.	價格
内容 na.i.yo.u.	內容	名前 na.ma.e.	名字
電話番号 de.n.wa.ba.n. go.u.	電話號碼	出発時刻 shu.ppa.tsu.ji.ko. ku.	出發時間

句型說明：

「教える」是「教」、「告訴」的意思，「～て
ください」則是「請～」之意。有不懂的事情要
請教別人時，就可以用「～を教えてください」
的句型。

•萬用會話•

Ⓐ この機械の使い方を教えてください。

ko.no./ki.ka.i.no./tsu.ka.i.ka.ta.o./o.shi.e.te./ku.da.sa.i.

請告訴我這台機器的使用方式。

B はい、まずは「開始」ボタンをタッチしてください。

ha.i./ma.zu.wa./ka.i.shi./bo.ta.n.o./ta.cchi.shi.te./ku.da.sa.i.

好的，首先請觸碰一下「開始」鍵。

•延伸會話句•

この薬の飲み方を教えてくれますか？

ko.no./ku.su.ri.no./no.mi.ka.ta.o./o.shi.e.te./ku.re.ma.su.ka.

可以告訴我這個藥怎麼服用嗎？

会議の時間を教えていただけますか？

ka.i.gi.no./ji.ka.n.o./o.shi.e.te./i.ta.da.ke.ma.su.ka.

可以告訴我會議的時間嗎？

中に何が入っているか教えてもらえますか？

na.ka.ni./na.ni.ga./ha.i.tte./i.ru.ka./o.shi.e.te./mo.ra.e.ma.su.ka.

可以告訴我裡面裝了什麼嗎？

駅へどう行ったらいいか教えてください。

e.ki.e./do.u./i.tta.ra./i.i.ka./o.shi.e.te./ku.da.sa.i.

請告訴我去車站該怎麼走比較好。

「～をお願いします」

請幫我～

請幫我點餐(訂購)。

注文 をお願いします。
ちゅうもん
chu.u.mo.n. o.o.ne.ga.i.shi.ma.su.

單字輕鬆換：

これ ko.re.	這個	紅茶 ko.u.cha.	紅茶
会計 ka.i.ke.i.	結帳	禁煙席 ki.n.e.n.se.ki.	禁菸席
確認 ka.ku.ni.n.	確認	クリーニング ku.ri.i.ni.n.gu.	送洗

句型說明：

「お願い」是「拜託」之意，「お願いします」用於請求別人的時候。前面加上名詞「～をお願いします」則是「請幫我～」或「請給我～」的意思。如果是物品類的名詞，如「お茶をお願いします」就是「請給我茶」的意思，和「～をください」句型同義。

・萬用會話・

A すみません、注文をお願いします。

su.mi.ma.se.n./chu.u.mo.n.o./o.ne.ga.i./shi.ma.su.

不好意思,請幫我點餐。

B はい、ただいまお伺いします。

ha.i./ta.da.i.ma./o.u.ka.ga.i./shi.ma.su.

好的,立刻過去為您服務。

・延伸會話句・

チェックインをお願いします。

che.kku.i.n.o./o.ne.ga.i./shi.ma.su.

我想要辦理報到(住房)。

ご協力をお願いします。

go.kyo.u.ryo.ku.o./o.ne.ga.i./shi.ma.su.

請幫忙配合。

ご連絡をお願いします。

go.re.n.ra.ku.o./o.ne.ga.i./shi.ma.su.

請與我聯絡。

伝言をお願いできますか?

de.n.go.n.o./o.ne.ga.i./de.ki.ma.su.ka.

可以請你幫忙轉達嗎?

「～ましょうか」

要不要～

我們要不要休息一下？

休憩し
きゅうけい
kyu.u.ke.i.shi.

ましょうか？
ma.sho.u.ka.

單字輕鬆換：

歩き a.ru.ki.	走路	飲み no.mi.	喝
会い a.i.	見面	出かけ de.ka.ke.	外出
食事し sho.ku.ji.shi.	吃飯	やり直し ya.ri.na.o.shi.	重來

句型說明：

「～ましょうか」是用於邀請對方做某件事。除了「～ましょうか」之外，也可以說「（一緒に）～しよう」或是「（一緒に）～しませんか」。

•萬用會話•

A ちょっと休憩しましょうか？

cho.tto./kyu.u.ke.i./shi.ma.sho.u.ka.

我們要不要休息一下？

B ええ、そうしましょう。

e.e./so.u.shi.ma.sho.u.

嗯，好啊。

•延伸會話句•

一緒にドライブに行きましょうか？

i.ssho.ni./do.ra.i.bu.ni./i.ki.ma.sho.u.ka.

要不要一起去兜風？

旅行に行こうよ。

ryo.ko.u.ni./i.ko.u.yo.

一起去旅行啦。

今夜、仕事の後に食事に行きましょう。

ko.n.ya./shi.go.to.no./a.to.ni./sho.ku.ji.ni./i.ki.ma.
sho.u.

今天工作完之後一起去吃飯。

今夜、飲みに行きませんか？

ko.n.ya./no.mi.ni./i.ki.ma.se.n.ka.

今晚要不要去喝一杯？

「せっかくだから～しよう」

難得有機會，一起～吧

難得有機會，一起去旅行吧。

せっかくだから、 旅行 しよう。

se.kka.ku.da.ka.ra.　　ryo.ko.u.　shi.yo.u.

單字輕鬆換：

外食 ga.i.sho.ku.	外出用餐	勉強 be.n.kyo.u.	念書
ゲーム ge.e.mu.	(玩)電玩	お祝い o.i.wa.i.	慶祝
パーティー pa.a.ti.i.	舉行派對	自己紹介 ji.ko.sho.u.ka.i.	自我介紹

句型說明：

「しよう」是「しましょう」的普通形，如同前一個句型說明的，是用於邀請別人做某件事。前面加上「せっかくだから」是表示特別準備或是難得有機會。

萬用會話

A 久しぶりに連休をとれることになった。

hi.sa.shi.bu.ri.ni./re.n.kyu.u.o./to.re.ru./ko.to.ni./
na.tta.

隔了好久終於又請了連休。

B わたしも連休が取れそうだし、せっかくだから
旅行しよう。

wa.ta.shi.mo./re.n.kyu.u.ga./to.re.so.u.da.shi./se.
kka.ku./da.ka.ra./ryo.ko.u./shi.yo.u.

我好像也能請連休，難得有機會，一起去旅行吧。

延伸會話句

せっかくだから、楽しい話しようよ。

se.kka.ku./da.ka.ra./ta.no.shi.i./ha.na.shi./shi.yo.u.yo.

難得有機會，説些開心的事吧。

せっかくだから行ってみます。

se.kka.ku./da.ka.ra./i.tte./mi.ma.su.

難得有機會，就去看看。

せっかくだから夏を楽しもう。

se.kka.ku./da.ka.ra./na.tsu.o./ta.no.shi.mo.u.

難得有機會，就一起享受夏天吧。

せっかく東京まで来たので、スカイツリーに上っ
てみた。

se.kka.ku./to.u.kyo.u.ma.de./ki.ta./no.de./su.ka.i.
tsu.ri.i.ni./no.bo.tte./mi.ta.

難得來到東京，就去了晴空塔上看看。

「～しましょうか」

讓我～好嗎

讓我幫你好嗎？

お手伝い しましょうか？
て つだ

o.te.tsu.da.i.　shi.ma.sho.u.ka.

單字輕鬆換：

お持ち o.mo.chi.	拿	ご案内 go.a.n.na.i.	介紹
お撮り o.to.ri.	拍照	お教え o.o.shi.e.	告訴
ご説明 go.se.tsu.me.i.	說明	お預り o.a.zu.ka.ri.	保管

句型說明：

「～しましょうか」是用於主動助人，想為別人服務的時候，前面放上「ご～」、「お～」，意思是「由我來～」、「讓我來～」。此句型通常是用於對長輩或尊敬對方的情況。

萬用會話

A あの…、お手伝いしましょうか?

a.no./o.te.tsu.da.i./shi.ma.sho.u.ka.

請問…，讓我幫你好嗎？（需要我幫忙嗎？）

B いいですか?ありがとうございます。

i.i.de.su.ka./a.ri.ga.to.u./go.za.i.ma.su.

可以嗎？真是太謝謝你了。

延伸會話句

何か食べ物を作りましょうか?

na.ni.ka./ta.be.mo.no.o./tsu.ku.ri.ma.sho.u.ka.

我來煮些吃的吧？

窓を開けましょうか?

ma.do.o./a.ke.ma.sho.u.ka.

我把窗戶打開好嗎？

わたしが直接聞きましょうか?

wa.ta.shi.ga./cho.ku.se.tsu./ki.ki.ma.sho.u.ka.

由我直接去問好嗎？

奥さんと席をかわってあげましょうか?

o.ku.sa.n.to./se.ki.o./ka.wa.tte./a.ge.ma.sho.u.ka.

我和您的夫人換位置吧？

058

「～なければなりません」

一定要～

一定要學習。

勉強し	なければなりません。
be.n.kyo.u.shi.	na.ke.re.ba. na.ri.ma.se.n.

單字輕鬆換：

急が i.so.ga.	快點	書か ka.ka.	寫
帰ら ka.e.ra.	回去	片付け ka.ta.zu.ke.	收拾
掃除し so.u.ji.shi.	打掃	両替し ryo.u.ga.e.shi.	換錢

句型說明：

前面曾經學過「～なくちゃ」、「～ないと」的句型，這裡的「～なければなりません」也是相同的意思，用於表示「不～不行」、「一定要～才行」之意。也可以說「～しなくちゃいけません」。

•萬用會話•

A 皆さん本当に日本の歴史に詳しいですね。

mi.na.sa.n./ho.n.to.u.ni./ni.ho.n.no./re.ki.shi.ni./ku.wa.shi.i./de.su.ne.

大家對日本的歷史都很了解呢。

B そうですね。わたしももっと勉強しなければなりません。

so.u./de.su.ne./wa.ta.shi.mo./mo.tto./be.n.kyo.u./shi.na.ke.re.ba./na.ri.ma.se.n.

對啊，我也一定要更努力學習才行。

•延伸會話句•

母の料理の手伝いをしてあげなくちゃいけません。

ha.ha.no./ryo.u.ri.no./te.tsu.da.i.o./shi.te./a.ge.na.ku.cha./i.ke.ma.se.n.

一定要幫媽媽做菜。

パスポートを預けなければなりませんか？

pa.su.po.o.to.o./a.zu.ke.na.ke.re.ba./na.ri.ma.se.n.ka.

護照一定要交出去保管嗎？

これから駅に行かなければならない。

ko.re.ka.ra./e.ki.ni./i.ka.na.ke.re.ba./na.ra.na.i.

現在一定要去車站。

059

「～たらどうですか」

要不要～呢

要不要試著做看看呢？

作ってみたら どうですか？
tsu.ku.tte.mi.ta.ra. do.u.de.su.ka.

③ 人際溝通

單字輕鬆換：

洗ったら a.ra.tta.ra.	洗	調べたら shi.ra.be.ta.ra.	調查
応募したら o.u.bo.shi.ta.ra.	申請	試したら ta.me.shi.ta.ra.	試
電話したら de.n.wa.shi.ta.ra.	打電話	相談したら so.u.da.n.shi.ta.ra.	商量

句型說明：

「どうですか」是「怎麼樣呢」之意，「～たら」
則是假設的語氣。「～たらどうですか」直譯是
「要是～怎麼樣呢」，在建議別人的時候說「～
たらどうですか」即是「如果～ 的話怎麼樣呢」
之意。類似的句型還有「～してはどうですか」、
「～ればどうですか」。

・萬用會話・

Ⓐ 自分で作ってみたらどうですか?

i.bu.n.de./tsu.ku.tte./mi.ta.ra./do.u./de.su.ka.

要不要試著自己做做看呢?

B はい、わたしもそうしようと思っています。

ha.i./wa.ta.shi.mo./so.u.shi.yo.u.to./o.mo.tte./i.ma.
su.

好,我也正想這麼做。

・延伸會話句・

電車で行ったらどうですか?

de.n.sha.de./i.tta.ra./do.u./de.su.ka.

坐電車去怎麼樣?

たまには朝食ぐらい食べたら?

ta.ma.ni.wa./cho.u.sho.ku./gu.ra.i./ta.be.ta.ra.

偶爾也吃一下早餐怎麼樣?

このようにしてはどうでしょうか?

ko.no./yo.u.ni./shi.te.wa./do.u./de.sho.u.ka.

這樣做你覺得怎麼樣?

自分で考えれば?

ji.bu.n.de./ka.n.ga.e.re.ba.

你自己想想啊。

「～ほうがいいと思(おも)います」

我想最好～

我想最好快一點。

急(いそ)いだ ほうがいいと思(おも)います。

i.so.i.da. ho.u.ga. i.i.to.o.mo.i.ma.su.

3 人際溝通

單字輕鬆換:

そうした	這麼做	やめた	放棄
so.u.shi.ta.		ya.me.ta.	
休(やす)んだ	休息	あきらめた	放棄
ya.su.n.da.		a.ki.ra.me.ta.	
買(か)い替(か)えた	買新的	病院(びょういん)に行(い)った	去醫院
ka.i.ka.e.ta.		byo.u.i.n.ni.i.tta.	

句型說明:

「～ほうがいいです」是「～比較好」的意思,
加上「と思(おも)います」則是表示自己的想法。要表
達感想或是建議時,就可以用「～ほうがいいと
思(おも)います」來表示。

●萬用會話●

Ⓐ 会議に間に合うかな?

ka.i.gi.ni./ma.ni.a.u./ka.na.

趕得上開會嗎?

B 急いだほうがいいと思いますよ。

i.so.i.da./ho.u.ga./i.i.to./o.mo.i.ma.su.yo.

我想最好還是動作快一點。

●延伸會話句●

もっと運動した方がいいよ。

mo.tto./u.n.do.u.shi.ta./ho.u.ga./i.i.yo.

多運動比較好喔。

休憩したほうがいいかな?

kyu.u.ke.i./shi.ta./ho.u.ga./i.i.ka.na.

是不是休息一下比較好呢?

苦情を言ったほうがいいですか?

ku.jo.u.o./i.tta./ho.u.ga./i.i./de.su.ka.

是不是該陳情一下比較好呢?

彼女にタクシーを呼んであげたほうがいいと
思う。

ka.no.jo.ni./ta.ku.shi.i.o./yo.n.de./a.ge.ta./ho.u.ga./
i.i.to./o.mo.u.

我覺得幫她叫計程車比較好。

MP3 061

「～させていただけますか」

我可以～嗎

我可以和你同桌嗎？

相席 させていただけますか？

あいせき

a.i.se.ki. sa.se.te.i.ta.da.ke.ma.su.ka.

單字輕鬆換：

拝見 ha.i.ke.n.	看/拜讀	担当 ta.n.to.u.	負責
考え ka.n.ga.e.	思考	ご一緒 go.i.ssho.	一起
やめ ya.me.	辭去	お話を o.ha.na.shi.o.	說

句型說明：

「～させる」是「讓～」的意思。「～させてい
ただけますか」即是「可以讓我～嗎」之意，想
做什麼事情想徵求對方同意，就可以用這個句型。
另外同義的句型還有「～ていいですか」(可以～
嗎)。

③
人際溝通

A 相席させていただけますか？

a.i.se.ki./sa.se.te./i.ta.da.ke.ma.su.ka.

我可以和你同桌嗎？

B どうぞ。

do.u.zo.

請坐。

•延伸會話句•

ちょっと確認させてください。

cho.tto./ka.ku.ni.n./sa.se.te./ku.da.sa.i.

請讓我確認一下。

ちょっと見学させていただければと思います。

cho.tto./ke.n.ga.ku./sa.se.te./i.ta.da.ke.re.ba.to./o.mo.i.ma.su.

希望可以讓我稍微參觀見習。

ご挨拶をさせていただきます。

go.a.i.sa.tsu.o./sa.se.te./i.ta.da.ki.ma.su.

容我打個招呼。

先週、大会に参加させていただきました。

se.n.shu.u./ta.i.ka.i.ni./sa.n.ka.sa.se.te./i.ta.da.ki.ma.shi.ta.

上星期我參加了大會。

「～てもいいですか」

可以～嗎

可以發問嗎？

質問して	もいいですか？
shi.tsu.mo.n.shi.te.	mo.i.i.de.su.ka.

單字輕鬆換：

借りて ka.ri.te.	借	触って sa.wa.tte.	摸
聞いて ki.i.te.	問／聽	座って su.wa.tte.	坐下
試着して shi.cha.ku.shi.te.	試穿	写真を撮って sha.shi.n.o.to.tte.	拍照

句型說明：

「～てもいいですか」和上一個句型「～させて
いただけますか」同義，但是「～させていただ
けますか」更為正式有禮貌。另外也可以說「～
てもよろしいですか」。

❸
人際溝通

•萬用會話•

Ⓐ すみません、質問^{しつもん}してもいいですか?

su.mi.ma.se.n./shi.tsu.mo.n./shi.te.mo./i.i./de.su.ka.

不好意思,我可以發問嗎?

B はい、どうぞ。

ha.i./do.u.zo.

好的,請說。

•延伸會話句•

犬^{いぬ}をつれて行^いってもいいですか?

i.nu.o./tsu.re.te./i.tte.mo./i.i./de.su.ka.

請問可以帶狗去嗎?

お願^{ねが}いをしてもよろしいですか?

o.ne.ga.i.o./shi.te.mo./yo.ro.shi.i./de.su.ka.

可以請你幫個忙嗎?

ヒーターをつけてもよろしいでしょうか?

hi.i.ta.a.o./tsu.ke.te.mo./yo.ro.shi.i./de.sho.u.ka.

我可以開暖爐嗎?

入^{はい}ってもいい?

ha.i.tte.mo./i.i.

可以進去嗎?

「もう一度（いちど）～てください」

請再～一次

請再說一次。

もう一度（いちど） | 言（い）って | ください。

mo.u.i.chi.do. | i.tte. | ku.da.sa.i.

3 人際溝通

單字輕鬆換：

読（よ）んで yo.n.de.	念	調（しら）べて shi.ra.be.te.	調査
試（ため）して ta.me.shi.te.	嘗試	確（たし）めて ta.shi.ka.me.te.	確認
見直（みなお）して mi.na.o.shi.te.	重新檢視	やり直（なお）して ya.ri.na.o.shi.te.	重來

句型說明：

「もう一度（いちど）」是「再一次」的意思；「～てください」則是「請～」的意思。故「もう一度（いちど）～てください」即是請對方再一次之意。也可以說「もう一度（いちど）～てもらえませんか」、「もう一度（いちど）～てくれませんか」、「もう一度（いちど）お(ご)～ください」。

●萬用會話●

A 担当者の名前をもう一度言ってください。

ta.n.to.u.sha.no./na.ma.e.o./mo.u.i.chi.do./i.tte./ku.da.sa.i.

請再説一次負責人的名字。

B はい、タナカエミです。

ha.i./ta.na.ka.e.mi./de.su.

好的，是tanaka emi。

●延伸會話句●

わたしにもう一度やらせてください。

wa.ta.shi.ni./mo.u.i.chi.do./ya.ra.se.te./ku.da.sa.i.

請再讓我做一次。

もう一度お試しください。

mo.u.i.chi.do./o.ta.me.shi./ku.da.sa.i.

請再試一次。

また遊びに来てください。

ma.ta./a.so.bi.ni./ki.te./ku.da.sa.i.

請再來玩。

また今度お誘いください。

ma.ta./ko.n.do./o.sa.so.i./ku.da.sa.i.

下次請再約我。

「〜なさい」

(命令你)去〜

去做！

やり なさい。
ya.ri. na.sa.i.

單字輕鬆換：

だまり da.ma.ri.	閉嘴	勉強し be.n.kyo.u.shi.	學習
我慢し ga.ma.n.shi.	忍耐	記入し ki.nyu.u.shi.	寫上
片付け ka.ta.zu.ke.	收拾	気をつけ ki.o.tsu.ke.	注意

句型說明：

「〜なさい」帶有強烈命令的口氣，通常是用於對小孩或是後輩。例如「早く寝なさい」(快去睡)、「やめなさい」(停止)等。

•萬用會話•

Ⓐ 宿題は明日やります。

shu.u.ku.da.i.wa./a.shi.ta./ya.ri.ma.su.

功課明天再寫。

B 後回しにしないで、今やりなさい！

a.to.ma.wa.shi.ni./shi.na.i.de./i.ma./ya.ri.na.sa.i.

不要拖延，現在就去寫！

•延伸會話句•

静かにして。

shi.zu.ka.ni./shi.te.

安靜。

やめてください。

ya.me.te./ku.da.sa.i.

請不要這樣。

だまりなさい。

da.ma.ri./na.sa.i.

閉嘴！

帰ってください。

ka.e.tte./ku.da.sa.i.

請你離開。

065

「～ないでください」

請不要～

請勿觸摸。

触ら **ないでください。**
sa.wa.ra. na.i.de.ku.da.sa.i.

單字輕鬆換：

遅れ o.ku.re.	遲到	動か u.go.ka.	移動
吸わ su.wa.	吸	忘れ wa.su.re.	忘記
慌て a.wa.te.	慌張	あきらめ a.ki.ra.me	放棄

句型說明：

「～ないでください」是「請不要～」之意，用於禁止對方做某件事的情況。在正式場合更禮貌的說法是「ご遠慮ください」。

●萬用會話●

Ⓐ それ、触^{さわ}らないでください。

so.re./sa.wa.ra.na.i.de./ku.da.sa.i.

請不要碰那個。

B あ、はい、すみませんでした。

a./ha.i./su.mi.ma.se.n.de.shi.ta.

啊，好，對不起。

●延伸會話句●

飲食^{いんしょく}はご遠慮^{えんりょ}ください。

i.n.sho.ku.wa./go.e.n.ryo./ku.da.sa.i.

請勿飲食。

音^{おと}を立^たてないでください。

o.to.o./ta.te.na.i.de./ku.da.sa.i.

請不要發出聲音。

大丈夫^{だいじょうぶ}だよ。心配^{しんぱい}しないで。

da.i.jo.u.bu./da.yo./shi.n.pa.i./shi.na.i.de.

沒關係喔。請不要擔心。

窓^{まど}から手^てを出^ださないで。

ma.do./ka.ra./te.o./da.sa.na.i.de.

請勿將手伸出窗外。

066

「～をあげます」

給～

給零用錢。

小遣い
こづか
ko.zu.ka.i.

をあげます。

o.a.ge.ma.su.

單字輕鬆換：

洋服 ようふく yo.u.fu.ku.	衣服	お金 かね o.ka.ne.	錢
お花 はな o.ha.na.	花	お菓子 かし o.ka.shi.	甜點
お年玉 としだま o.to.shi.da.ma.	壓歲錢	プレゼント pu.re.ze.n.to.	禮物

句型說明：

「あげます」是「給」的意思，「～をあげます」
即是「給～」之意，「～」填入給的東西。如果
是為別人做事，則是用動詞て形「～てあげま
す」，「～てあげましょうか」即是「我幫你～
吧」之意。

•萬用會話•

A 孫に小遣いをあげたことがありますか?

ma.go.ni./ko.zu.ka.i.o./a.ge.ta./ko.to.ga./a.ri.ma.su.
ka.

你給過孫子零用錢嗎?

B ええ、お正月と誕生日に孫に小遣いをあげ
ます。

e.e./o.sho.u.ga.tsu.to./ta.n.jo.u.bi.ni./ma.go.ni./ko.
zu. ka.i.o./a.ge.ma.su.

有的,過年和生日時會給孫子零用錢。

•延伸會話句•

帰ったら犬に餌をあげます。

ka.e.tta.ra./i.nu.ni./e.sa.o./a.ge.ma.su.

回家之後要餵狗。

あめをあげましょうか?

a.me.o./a.ge.ma.sho.u.ka.

給你糖果好嗎?

カレーを温めてあげましょうか?

ka.re.e.o./a.ta.ta.me.te./a.ge.ma.sho.u.ka.

要不要幫你熱咖哩?

先生に聞いてあげましょうか?

se.n.se.i.ni./ki.i.te./a.ge.ma.sho.u.ka.

要不要幫你問老師?

「～てくれました」

為我～

幫了我。／救了我。

助けて	くれました。
ta.su.ke.te.	ku.re.ma.shi.ta.

單字輕鬆換：

貸して ka.shi.te.	借出	迎えて mu.ka.e.te.	迎接
答えて ko.ta.e.te.	回答	歓迎して ka.n.ge.i.shi.te.	歡迎
受取とって u.ke.to.tte.	接受	連れて行って tsu.re.te.i.tte.	帶去

句型說明：

「～をくれました」是過去式「(對方)給了我～」之意，如果是受別人幫助，或是對方為自己做了什麼事，則是用「～てくれました」，「～」的部分填入對方所做的動作；此句的主語是做動作的人，完整句型是「主語が～てくれました」。

③
人際溝通

147

●萬用會話●

A 困っている時に友達が助けてくれました。

ko.ma.tte./i.ru./to.ki.ni./to.mo.da.chi.ga./ta.su.ke.
te./ku.re.ma.shi.ta.

遇到困難時朋友幫助了我。

B それはよかったですね。

so.re.wa./yo.ka.tta./de.su.ne.

那真是太好了。

●延伸會話句●

友達がおみやげをくれた。

to.mo.da.chi.ga./o.mi.ya.ge.o./ku.re.ta.

朋友給我了伴手禮。

息子は話してくれなくなりました。

mu.su.ko.wa./ha.na.shi.te./ku.re.na.ku./na.ri.ma.
shi.ta.

兒子變得不和我講話。

彼はわたしに会うために日本に来てくれた。

ka.re.wa./wa.ta.shi.ni./a.u./ta.me.ni./ni.ho.n.ni./ki.
te./ku.re.ta.

他為了見我來到日本。

わたしの誕生日に家族がささやかなパーティー
を開いてくれました。

wa.ta.shi.no./ta.n.jo.u.bi.ni./ka.zo.ku.ga./sa.sa.ya.
ka.na./ pa.a.ti.i.o./hi.ra.i.te./ku.re.ma.shi.ta.

生日時家人為我開了個小小的派對。

「～てはいけません」

不可以～

不可以做。

して	はいけません。
shi.te.	wa.i.ke.ma.se.n.

單字輕鬆換：

触って sa.wa.tte.	碰	遊んで a.so.n.de.	玩
喧嘩して ke.n.ka.shi.te.	吵架	なくして na.ku.shi.te.	搞丟
食べすぎて ta.be.su.gi.te.	吃太多	反省しなくて ha.n.se.i.shi.na.ku.te.	不反省

句型說明：

「～てはいけません」用於禁止對方做某件事的
情況。前面曾學過「～ちゃダメ」是較非正式口
語的說法，另外還可以說「～ちゃいけない」。

3 人際溝通

•萬用會話•

A お腹すいた。

o.na.ka./su.i.ta.

肚子餓了。

B ダイエット中だから、間食をしてはいけませんよ。

da.i.e.tto.chu.u./da.ka.ra./ka.n.sho.ku.o./shi.te.wa./i.ke.ma.se.n.yo.

現在在減肥，不可以吃點心喔。

•延伸會話句•

お箸を食べ物に刺してはいけません。

o.ha.shi.o./ta.be.mo.no.ni./sa.shi.te.wa./i.ke.ma.se.n.

不可以用筷子叉食物。

7時までに家に帰らなくてはいけない。

shi.chi.ji./ma.de.ni./i.e.ni./ka.e.ra.na.ku.te.wa./i.ke.na.i.

一定要在7點前回家。

検査を受けなくてはいけませんね。

ke.n.sa.o./u.ke.na.ku.te.wa./i.ke.ma.se.n.ne.

一定要接受檢查吧。

人の悪口を言っちゃいけないよ。

hi.to.no./wa.ru.ku.chi.o./i.ccha./i.ke.na.i.yo.

不可以説別人的壞話喔。

「～に気をつけて」

小心～

小心路上車輛。

車 に気をつけて。
ku.ru.ma. ni.ki.o.tsu.ke.te.

③ 人際溝通

單字輕鬆換：

犬 i.nu.	狗	スリ su.ri.	扒手
からだ ka.ra.da.	身體	詐欺 sa.gi.	詐欺
静電気 se.i.de.n.ki.	靜電	熱中症 ne.cchu.u.sho.u.	中暑

句型說明：

「気をつけて」是「注意」、「小心」的意思，「～に気をつけて」即是「小心～」之意。要請對方注意或小心時可以用「気をつけてください」或是「ご注意ください」。

・萬用會話・

Ⓐ そろそろ行ってきます。

so.ro.so.ro./i.tte./ki.ma.su.

差不多該出發了。

B いってらっしゃい、車に気をつけてね。

i.tte./ra.ssha.i./ku.ru.ma.ni./ki.o./tsu.ke.te.ne.

慢走，小心路上車輛喔。

・延伸會話句・

気をつけて帰ってね。

ki.o./tsu.ke.te./ka.e.tte.ne.

回家路上小心喔。

風邪を引かないよう気をつけてください。

ka.ze.o./hi.ka.na.i./yo.u./ki.o./tsu.ke.te./ku.da.sa.i.

請注意身體不要感冒了。

十分に気をつけてください。

ju.u.bu.n.ni./ki.o./tsu.ke.te./ku.da.sa.i.

請務必小心。

熱中症にご注意ください。

ne.cchu.u.sho.u.ni./go.chu.u.i./ku.da.sa.i.

小心中暑。

くれる？もらう？

「くれる」是「給」的意思，「もらう」則是「得到」，下列會話的回答可以看出兩詞的使用方式。

Ⓐ 素敵なブレスレットだね。

這手環真漂亮呢。

B 1：姉からもらったの。

是從我姊那兒得到的。(「から」表示從姊姊那裡得到)

B 2：姉がくれたの。

是我姊給我的。(「が」表示姊姊是做此動作的人)

- - -

授受關係中，還可以加上「て形」來表示動作的授受。首先來看句型：

　　主詞が＋對象に＋動詞て形＋くれます

　　友達が私に手伝ってくれます。

　　朋友幫我忙。

此例句可拆解成「友達が私に～くれます」(朋友給我～)，其中「～」的部分為主詞「朋友」所做的動作，即「手伝って」。相反的，受到幫忙（的動作）時，句型則是：

主詞は＋對象に＋動詞て形＋もらいます

　　私は友達に手伝ってもらいます。

　　我受到朋友的幫助。

此句型可以拆解成「私は友達に～もらいます」(我從朋友那兒得到～)，其中「～」的部分填入朋友做的動作，(朋友所做的動作是「手伝って」)，故完整句子便如例句所示。

4

情緒感受

「～に困っています」

為～煩惱

為金錢所苦。

お金 に困っています。
_{かね}　　_{こま}

o.ka.ne.　ni.ko.ma.tte.i.ma.su.

單字輕鬆換：

騒音 so.u.o.n.	噪音	生活 se.i.ka.tsu.	生活
収納 shu.u.no.u.	收納	住まい su.ma.i.	住居
変な質問 he.n.na.shi. tsu.mo.n.	奇怪的發 問	迷惑メール me.i.wa.ku.me.e. ru.	垃圾郵件

④ 情緒感受

句型說明：

「困ります」是「困擾」、「煩惱」之意，「困っています」是表示正覺得煩惱的情況。為某件事所煩惱句型是「～に困っています」。

●萬用會話●

Ⓐ 今の仕事はボランティアなので、いつもお
金に困っています。

i.ma.no./shi.go.to.wa./bo.ra.n.ti.a./na.no.de./i.tsu.
mo./o.ka.ne.ni./ko.ma.tte./i.ma.su.

現在的工作是志工性質，所以總是為金錢所苦。

B それは大変ですね。

so.re.wa./ta.i.he.n./de.su.ne.

你真是辛苦了。

●延伸會話句●

急に聞かれて、答えに困ってしまいました。

kyu.u.ni./ki.ka.re.te./ko.ta.e.ni./ko.ma.tte./shi.ma.i.
ma.shi.ta.

突然被問，不知道怎麼回答。

財布をなくして困っています。

sa.i.fu.o./na.ku.shi.te./ko.ma.tte./i.ma.su.

弄丟了錢包，很困擾。

どうすればいいのか本当に困っている。

do.u./su.re.ba./i.i.no.ka./ho.n.to.u.ni./ko.ma.tte./i.
ru.

真的很苦惱，不知道怎麼才好。

困ったな。

ko.ma.tta.na.

傷腦筋啊。

「～はちょっと」

不太喜歡～ ／ ～不行

不太喜歡納豆。

納豆 はちょっと。

na.tto.u. wa.cho.tto.

單字輕鬆換：

今 i.ma.	現在	虫 mu.shi.	蟲
テニス te.ni.su.	網球	野菜 ya.sa.i.	蔬菜
来週 ra.i.shu.u.	下週	スピーチ su.pi.i.chi.	演說

4 情緒感受

句型說明：

「ちょっと」是「有點」、「稍微」的意思，「～
はちょっと」是「ちょっと苦手なんです」、
「ちょっとできない」、「ちょっと無理です」
等簡縮的說法，通常是委婉表示拒絕。遇到無法
接受的請求時，說「それはちょっと」即是「那
有點難辦到」委婉拒絕之意。

萬用會話

Ⓐ カレーに納豆を入れるとおいしいよ。
健康的だし。

ka.re.e.ni./na.tto.u.o./i.re.ru.to./o.i.shi.i.yo./ke.n.ko.
u.te.ki./da.shi.

咖哩裡面加納豆很好吃喔。也很健康。

B ごめん、納豆はちょっと苦手なんです。

go.me.n./na.tto.u.wa./cho.tto./ni.ga.te./na.n./de.su.

不好意思，我不太喜歡納豆。

延伸會話句

ごめん、明日はちょっと用事があって。
go.me.n./a.shi.ta.wa./cho.tto./yo.u.ji.ga./a.tte.

對不起，我明天有點事。(拒絕邀約時)

それはちょっと困るな。
so.re.wa./cho.tto./ko.ma.ru.na.

那就有點傷腦筋了。

その質問はちょっと答えられないかも。
so.no./shi.tsu.mo.n.wa./cho.tto./ko.ta.e.ra.re.na.i./
ka.mo.

那個問題我有點難以回答。

1例だけじゃちょっと納得できない。
i.chi.re.i./da.ke.ja./cho.tto./na.tto.ku./de.ki.na.i.

只有1個例子的話我有點難以信服

🎧 072

「～（よ）うかなと思っている」

考慮要不要～

考慮要不要換。

換えよう かなと思っている。
ka.e.yo.u.　　ka.na.to.o.mo.tte.i.ru.

單字輕鬆換：

送ろう o.ku.ro.u.	送	作ろう tsu.ku.ro.u.	做
辞めよう ya.me.yo.u.	放棄	引越そう hi.kko.so.u.	搬家
頑張ろう ga.n.ba.ro.u.	努力	売っちゃおう u.ccha.o.u.	賣了

4 情緒感受

句型說明：

「～（よ）うかなと思っている」是「我在想要不要～呢」之意，帶點自問自答的感覺，表示正思考著要不要做某件事情。簡短一點的說法可說「～（よ）うかな」。

◆萬用會話◆

Ⓐ スマホに換えようかなと思っているの。

su.ma.ho.ni./ka.e.yo.u./ka.na.to./o.mo.tte./i.ru.no.

我考慮要換成智慧型手機。

B ホント?それはいいね。

ho.n.to./so.re.wa./i.i.ne.

真的嗎?那很好啊。

◆延伸會話句◆

旅行でもしようかな。

ryo.ko.u./de.mo./shi.yo.u./ka.na.

要不要來個旅行呢?(自問)

次の週末、実家に帰ろうかなと思ってるの。

tsu.gi.no./shu.u.ma.tsu./ji.kka.ni./ka.e.ro.u./ka.na.
to./o.mo.tte.ru.no.

在考慮下週末要不要回老家。

ドイツ語を学ぼうかなと。

do.i.tsu.go.o./ma.na.bo.u./ka.na.to.

在考慮要不要學德語。

仕事を辞めたら何をしようかな。

shi.go.to.o./ya.me.ta.ra./na.ni.o./shi.yo.u./ka.na.

辭了工作之後要做什麼呢?1

🔊 073

「～ならいい」

～的話就可以

馬上去睡的話就可以。

すぐに寝る	ならいいよ。
su.gu.ni.ne.ru.	na.ra.i.i.yo.

單字輕鬆換：

今度 ko.n.do.	下次	一緒 i.ssho.	一起
1人 hi.to.ri.	1個人	見たい mi.ta.i.	想看
約束する ya.ku.so.ku. su.ru.	約定	ちょっとだけ cho.tto.da.ke.	一點點

❹ 情緒感受

句型說明：

「～なら」是表示假設，「如果～」之意。「い
い」是「可以」、「好」的意思。「～ならいい」
是「如果～那就好」的意思，通常是用於答應對
方的請求，或是對情況表示同意或妥協時。

●萬用會話●

Ⓐこの番組を見てもいい?

ばんぐみ　み

ko.no./ba.n.gu.mi.o./mi.te.mo./i.i.

我可以看這個節目嗎?

B 終わったらすぐに寝るならいいよ。

お　　　　　　　　　　ね

o.wa.tta.ra./su.gu.ni./ne.ru./na.ra./i.i.yo.

看完立刻去睡的話就可以。

●延伸會話句●

無理ならいいよ。

む　り

mu.ri./na.ra./i.i.yo.

不行的話也沒關係。

どうしてもと言うのならいいですよ。

い

do.u.shi.te.mo.to./i.u.no./na.ra./i.i./de.su.yo.

無論如何都要的話,那好吧。

週末ならいいですよ。

しゅうまつ

shu.u.ma.tsu./na.ra./i.i./de.su.yo.

週末的話就可以喔。

ならいいんだけど。

na.ra./i.i.n./da.ke.do.

真是這樣就好。/那就好。

「〜に違いない」

一定〜

一定會很開心。

喜ぶ	に違いない。
yo.ro.ko.bu.	ni.chi.ga.i.na.i.

單字輕鬆換：

プロ pu.ro.	專家	本物 ho.n.mo.no.	真品
落ちた o.chi.ta.	掉了	優しい ya.sa.shi.i.	體貼
待っている ma.tte.i.ru.	在等待	食べていない ta.be.te.i.na.i.	沒吃

④ 情緒感受

句型說明：

「違いない」是「沒錯」之意，「〜に違いない」
即是「一定是〜沒錯」、「肯定是〜」。用於經
過判斷後，確定某件事的情況。正式場合或是有
禮貌的說法是「〜に違いありません」。

●萬用會話●

A このネックレス、彼女は気に入ってくれるでしょうか?

ko.no./ne.kku.re.su./ka.no.jo.wa./ki.ni.i.tte./ku.re.ru./de.sho.u.ka.

這條項鍊,不知道她會不會喜歡。

B アクセサリーが大好きな人だから、きっと喜ぶに違いないよ。

a.ku.se.sa.ri.i.ga./da.i.su.ki.na./hi.to./da.ka.ra./ki.tto./yo.ro.ko.bu.ni./chi.ga.i.na.i.yo.

她很喜歡飾品,一定會開心的。

●延伸會話句●

これは本物のダイヤに違いありません。

ko.re.wa./ho.n.mo.no.no./da.i.ya.ni./chi.ga.i./a.ri.ma.se.n.

這一定是真的鑽石。

彼の実力なら採用されるに違いない。

ka.re.no./ji.tsu.ryo.ku./na.ra./sa.i.yo.u.sa.re.ru.ni./chi.ga.i.na.i.

以他的實力,一定會錄取。

それはきっとまずいに違いない。

so.re.wa./ki.tto./ma.zu.i.ni./chi.ga.i.na.i.

那個一定很難吃。

「〜をどう思^{おも}いますか」

覺得〜怎麼樣

覺得他怎麼樣？

彼^{かれ}のこと をどう思^{おも}いますか？

ka.re.no.ko.to.　　　o.do.u.o.mo.i.m.su.ka.

單字輕鬆換：

整形^{せいけい} se.i.ke.i.	整型	結婚^{けっこん} ke.kko.n.	結婚
あの提案^{ていあん} a.no.te.i.a.n.	那提議	その習慣^{しゅうかん} so.no.shu.u.ka.n	那個習慣
今日^{きょう}の会議^{かいぎ} kyo.u.no.ka.i.gi.	今天的會	台湾^{たいわん}の天気^{てんき} ta.i.wa.n.no.te.n.ki.	台灣天氣

句型說明：

「思^{おも}います」是「想」的意思。「どう思^{おも}います
か」意思是「你覺得怎麼樣」，「〜をどう思^{おも}い
ますか」是「覺得〜怎麼樣」之意。

4 情緒感受

●**萬用會話**●

Ⓐ 彼のことをどう思いますか？

ka.re.no./ko.to.o./do.u./o.mo.i.ma.su.ka.

你覺得他怎麼樣？

B 親切で優しい人だと思います。

shi.n.se.tsu.de./ya.sa.shi.i./hi.to.da.to./o.mo.i.ma.su.

我覺得他是親切又體貼的人。

●**延伸會話句**●

これ、どう思いますか？

ko.re./do.u./o.mo.i.ma.su.ka.

覺得這個怎麼樣？

あなたはどう思いますか？

a.na.ta.wa./do.u./o.mo.i.ma.su.ka.

你覺得怎麼樣？／你有什麼想法？

あの先生の授業をどう思いますか？

a.no./se.n.se.i.no./ju.gyo.u.o./do.u./o.mo.i.ma.su.ka.

你覺得那老師的課怎麼樣？

新しい企画についてどう思いますか？

a.ta.ra.shi.i./ki.ka.ku.ni./tsu.i.te./do.u./o.mo.i.ma.
su.ka.

關於新企劃，你有什麼看法？

🎙 076

「〜と<ruby>思<rt>おも</rt></ruby>います」

我覺得〜

我覺得是正確的。

<ruby>正<rt>ただ</rt></ruby>しい と<ruby>思<rt>おも</rt></ruby>います。

ta.da.shi.i.　　to.o.mo.i.ma.su.

單字輕鬆換：

<ruby>高<rt>たか</rt></ruby>い ta.ka.i.	貴／高	<ruby>行<rt>い</rt></ruby>ける i.ke.ru.	能去／ 可行
<ruby>演奏家<rt>えんそうか</rt></ruby>だ e.n.so.u.ka.da.	演奏家	<ruby>涼<rt>すず</rt></ruby>しくなる su.zu.shi.ku.na.ru.	變涼
わたしのだ wa.ta.shi.no.da.	我的	<ruby>始<rt>はじ</rt></ruby>まっている ha.ji.ma.tte.i.ru.	開始了

❹ 情緒感受

句型說明：

　　「〜と<ruby>思<rt>おも</rt></ruby>います」是「我覺得〜」，表示自己的想法或意見。否定的說法是「〜とは<ruby>思<rt>おも</rt></ruby>いません」(我不覺得〜)、「〜ないと<ruby>思<rt>おも</rt></ruby>います」(我覺得不是〜)，斷定的說法是「きっと〜と<ruby>思<rt>おも</rt></ruby>います」(一定是〜)。

●萬用會話●

Ⓐ 2人、どっちが正しいですか?

fu.ta.ri./do.cchi.ga./ta.da.shi.i./de.su.ka.

兩個人誰是對的呢？

Ⓑ よく分かりませんが、彼女のほうが正しいと思います。

yo.ku./wa.ka.ri.ma.se.n.ga./ka.no.jo.no.ho.u.ga./ta.da.shi.i.to./o.mo.i.ma.su.

雖然我不太清楚，但我想她是對的。

●延伸會話句●

ここの料理は安いとは思いません。

ko.ko.no./ryo.u.ri.wa./ya.su.i.to.wa./o.mo.i.ma.se.n.

我覺得這裡的料理不便宜。

新しい仕事はきっとうまくいくと思います。

a.ta.ra.shi.i./shi.go.to.wa./ki.tto./u.ma.ku./i.ku.to./o.mo.i.ma.su.

我想新工作一定會順利的。

これは彼の自転車ではないと思う。

ko.re.wa./ka.re.no./ji.te.n.sha./de.wa.na.i.to./o.mo.u.

我想這不是他的腳踏車。

あのチームは絶対勝てるとは思わない。

a.no./chi.i.m.wa./ze.tta.i./ka.te.ru.to.wa./o.mo.wa.na.i.

我不覺得那隊一定能贏。

「～は好きですか」

喜歡～嗎

喜歡購物嗎？

ショッピング	は好きですか？
sho.ppi.n.gu.	wa.su.ki.de.su.ka.

:

音楽 o.n.ga.ku.	音樂	柴犬 shi.ba.i.nu.	柴犬
和食 wa.sho.ku.	日本料理	手芸 shu.ge.i.	手工藝
スポーツ su.po.o.tsu.	運動	カラオケ ka.ra.o.ke.	KTV

4 情緒感受

句型說明：

「好きです」是「喜歡」的意思。「～は好きで
すか」是「喜歡～嗎」之意。「～」的部分是放
入名詞。如果是要問動作時，則是「動詞辭書形+
のが好きですか」。類似的句型還有「～はお気に
入りですか」。

●萬用會話●

A ショッピングは好きですか?

sho.ppi.n.gu.wa./su.ki./de.su.ka.

你喜歡購物嗎?

B いいえ、買い物はあまりしないんです。

i.i.e./ka.i.mo.no.wa./a.ma.ri./shi.na.i.n./de.su.

不,我不太購物。

●延伸會話句●

数学が好きです。

su.u.ga.ku.ga./su.ki./de.su.

喜歡數學。

どこで遊ぶのが好きですか?

do.ko.de./a.so.bu.no.ga./su.ki./de.su.ka.

喜歡在哪裡玩?

このデザインは気に入っていますか?

ko.no./de.za.i.n.wa./ki.ni./i.tte.i.ma.su.ka.

你喜歡這個設計嗎?

この曲はお気に入りですか?

ko.no./kyo.ku.wa./o.ki.ni./i.ri./de.su.ka.

你喜歡這首歌嗎?

「どんな〜が好きですか」

喜歡怎麼樣的〜呢

喜歡什麼樣的酒呢？

どんな | お酒(さけ) | が好(す)きですか？

do.n.na. | o.sa.ke. | ga.su.ki.de.su.ka.

單字輕鬆換：

果物(くだもの) ku.da.mo.no.	水果	作品(さくひん) sa.ku.hi.n.	作品
ドラマ do.ra.ma.	連續劇	アニメ a.ni.me.	動畫
ゲーム ge.e.mu.	電玩／ 遊戲	ブランド bu.ra.n.do.	品牌

4 情緒感受

句型說明：

上一個句型學過用「〜は好(す)きですか」來詢問是否喜歡某樣事物。如果要進一步問喜愛事物的種類或是內容，則可以說「どんな〜が好(す)きですか」。也可以說「好(す)きな〜は何(なん)ですか」。

•萬用會話•

Ⓐ どんなお<ruby>酒<rt>さけ</rt></ruby>が<ruby>好<rt>す</rt></ruby>きですか?

do.n.na./o.sa.ke.ga./su.ki./de.su.ka.

你喜歡什麼酒?

B <ruby>白<rt>しろ</rt></ruby>ワインが<ruby>好<rt>す</rt></ruby>きです。

shi.ro.wa.i.n.ga./su.ki./de.su.

我喜歡白酒。

•延伸會話句•

なんのスポーツをするのが<ruby>好<rt>す</rt></ruby>きですか?

na.n.no./su.po.o.tsu.o./su.ru.no.ga./su.ki./de.su.ka.

喜歡從事哪種運動?

<ruby>好<rt>す</rt></ruby>きな<ruby>映画<rt>えいが</rt></ruby>は<ruby>何<rt>なん</rt></ruby>ですか?

su.ki.na./e.i.ga.wa./na.n./de.su.ka.

喜歡的電影是什麼?

<ruby>好<rt>す</rt></ruby>きなスポーツチームはありますか?

su.ki.na./su.po.o.tsu.chi.i.mu.wa./a.ri.ma.su.ka.

有支持的體育隊伍嗎?

<ruby>一番<rt>いちばん</rt></ruby><ruby>好<rt>す</rt></ruby>きなテレビ<ruby>番組<rt>ばんぐみ</rt></ruby>は<ruby>何<rt>なん</rt></ruby>ですか?

i.chi.ba.n.su.ki.na./te.re.bi.ba.n.gu.mi.wa./na.n./de.su.ka.

最喜歡的節目是什麼?

079

「～のが嫌いですか」

討厭～嗎

討厭輸嗎？

負ける	のが嫌いですか？
ma.ke.ru.	no.ga.ki.ra.i.de.su.ka.

單字輕鬆換：

並ぶ	排隊	働く	工作
na.ra.bu.		ha.ta.ra.ku.	
待つ	等待	命令される	被命令
ma.tsu.		me.i.re.i.sa.re.ru.	
叱られる	被罵	注目される	被注意
shi.ka.ra.re.ru.		chu.u.mo.ku.sa.re.ru.	

4 情緒感受

句型說明：

「嫌いです」是「討厭」之意。「～のが嫌いで
すか」的「～」的部分置入動詞；名詞的話，則
是用「～が嫌いですか」的句型。也可以說「～
のが好きじゃないですか」、「～が好きじゃな
いですか」(不喜歡～嗎)

萬用會話

A 負けるのが嫌いですか？

ma.ke.ru.no.ga./ki.ra.i./de.su.ka.

你討厭輸嗎？

B そうですね、負けず嫌いです。

so.u./de.su.ne./ma.ke.zu.gi.ra.i./de.su.

對啊，我很好勝。

•延伸會話句•

猫が嫌いですか？

ne.ko.ga./ki.ra.i./de.su.ka.

討厭貓嗎？

漫画は好きじゃないですか？

ma.n.ga.wa./su.ki.ja.na.i./de.su.ka.

不喜歡漫畫嗎？

ロックンロールは嫌いなの？

ro.kku.n.ro.o.ru.wa./ki.ra.i./na.no.

討厭搖滾樂嗎？

何をするのが嫌いですか？

na.ni.o./su.ru.no.ga./ki.ra.i./de.su.ka.

討厭做什麼呢？

080

「～つもりです」

打算要～

打算要烤蛋糕。

ケーキを焼く つもりです。

ke.e.ki.o.ya.ku.　　tsu.mo.ri.de.su.

單字輕鬆換：

伺う u.ka.ga.u.	拜訪／問	続ける tsu.zu.ke.ru.	繼續
謝る a.ya.ma.ru.	道歉	帰国する ki.ko.ku.su.ru.	回國
戻らない mo.do.ra.na.i.	不回去	ゲームする ge.e.mu.su.ru.	玩電玩

❹ 情緒感受

句型說明：

「～つもりです」是表示想那麼做，打算要進行某事。類似的句型還有「～予定です」以及「～（よ）うと思っています」。

●萬用會話●

Ⓐ 明日の休みは何しますか?

a.shi.ta.no./ya.su.mi.wa./na.ni./shi.ma.su.ka.

明天休假要做什麼?

Ⓑ 家でケーキを焼くつもりです。

i.e.de./ke.e.ki.o./ya.ku./tsu.mo.ri./de.su.

打算在家烤蛋糕。

●延伸會話句●

夏に引越しするつもりです。

na.tsu.ni./hi.kko.shi.su.ru./tsu.mo.ri./de.su.

打算在夏天搬家。

次の休みに何をするつもりですか?

tsu.gi.no./ya.su.mi.ni./na.ni.o./su.ru./tsu.mo.ri./de.su.ka.

下次休假想要做什麼?

週末は何をする予定ですか?

shu.u.ma.tsu.wa./na.ni.o./su.ru./yo.te.i./de.su.ka.

週末打算做什麼?

特に予定はありません。

to.ku.ni./yo.te.i.wa./a.ri.ma.se.n.

沒什麼特別的計畫。

「～かどうか」

是不是～

是不是要回國。

帰国する かどうか。
ki.ko.ku.su.ru.　　ka.do.u.ka.

單字輕鬆換：

可能 ka.no.u.	可能	必要 hi.tsu.yo.u.	必要
失礼 shi.tsu.re.i.	失禮	行ける i.ke.ru.	能去
晴れる ha.re.ru.	放晴	大丈夫 da.i.jo.u.bu.	沒關係

句型說明：

「～かどうか」是「是不是～」、「會不會～」
的意思，通常用在是或非兩個選項時。常用的句
型有「～かどうかわかりません」、「～かどう
か聞いてみます」、「～かどうか迷っていま
す」。

❹ 情緒感受

●萬用會話●

Ⓐ 大学を卒業したら国に帰るの?

だいがく そつぎょう くに かえ

da.i.ga.ku.o./so.tsu.gyo.u./shi.ta.ra./ku.ni.ni./ka.e.
ru.no.

大學畢業後會回國嗎?

B いや、帰国するかどうかまだ迷っている。

きこく まよ

i.ya./ki.ko.ku./su.ru.ka./do.u.ka./ma.da./ma.yo.tte./
i.ru.

不,還在猶豫是不是要回國。

●延伸會話句●

社長が現れるかどうかは分かりません。

しゃちょう あらわ わ

sha.cho.u.ga./a.ra.wa.re.ru.ka./do.u.ka.wa./wa.ka.
ri.ma.se.n.

不知道社長會不會出現。

両親が理解してくれるか分からない。

りょうしん りかい わ

ryo.u.shi.n.ga./ri.ka.i./shi.te./ku.re.ru.ka./wa.ka.ra.
na.i.

不知道父母能不能理解。

うまくいくかどうか心配です。

しんぱい

u.ma.ku./i.ku.ka./do.u.ka./shi.n.pa.i./de.su.

擔心會不會順利。

旅行に行くかどうかは天気次第です。

りょこう い てんきしだい

ryo.ko.u.ni./i.ku.ka./do.u.ka.wa./te.n.ki.shi.da.i./de.su.

要不要去旅行,就看天氣決定。

「～ではないかと心配です」

擔心是不是～

擔心是不是生病了。

病気 ではないかと心配です。
びょうき
byo.u.ki. de.wa.na.i.ka.to. shi.n.pa.i.de.su.

單字輕鬆換：

同じ o.na.ji.	相同	迷惑 me.i.wa.ku.	造成困擾
働きすぎ ha.ta.ra.ki.su.gi.	工作過度	嫌われるの ki.ra.wa.re.ru.no.	被討厭
遅刻するの chi.ko.ku.su.ru.no.	遲到	わたしだけ wa.ta.shi.da.ke.	只有我

4 情緒感受

句型說明：

「心配です」是「擔心」的意思，動詞是「心配します」。「～ではないか」是「會不會是～」之意。「～ではないかと心配です」是「擔心會不會是～」，也可以說「～じゃないかと心配です」、「～じゃないかと心配します」。

•萬用會話•

A ご主人、大丈夫ですか?

go.shu.ji.n./da.i.jo.u.bu./de.su.ka.

你老公還好嗎?

B ずっと元気がなくて病気ではないかと心
配です。

zu.tto./ge.n.ki.ga./na.ku.te./byo.u.ki./de.wa.na.i.ka.
to./shi.n.pa.i./de.su.

他一直沒什麼精神,我擔心是不是生病了。

•延伸會話句•

近所迷惑じゃないかと心配します。

ki.n.jo.me.i.wa.ku./ja.na.i.ka.to./shi.n.pa.i./shi.ma.su.

擔心會不會造成鄰居困擾。

勝つのは難しいのではないかと考えます。

ka.tsu.no.wa./mu.zu.ka.shi.i.no./de.wa.na.i.ka.to./
ka.n.ga.e.ma.su.

覺得要贏應該很難。

彼女が痩せすぎじゃないかと心配になった。

ka.no.jo.ga./ya.se.su.gi./ja.na.i.ka.to./shi.n.pa.i.ni./
na.tta.

不禁擔心她會不會太瘦。

うそではないかと疑っている。

u.so./de.wa.na.i.ka.to./u.ta.ga.tte./i.ru.

懷疑那是不是謊言。

「～たいです」

想要～

想喝。

| 飲み <br> no.mi. | たいです。
 ta.i.de.su. |

單字輕鬆換:

与え a.ta.e.	給予	忘れ wa.su.re.	忘記
飼い ka.i.	飼養	学び ma.na.bi.	學習
もらい mo.ra.i.	得到	留学し ryu.u.ga.ku.shi.	留學

④ 情緒感受

句型說明:

「～たいです」是「想要～」的意思,如「りんごが食べたいです」(我想吃蘋果)。「～たいです」的「～」的部分是用動詞。名詞則是「～がほしいです」。

●萬用會話●

Ⓐ 何^{なに}か飲^のみますか?

na.ni.ka./no.mi.ma.su.ka.

要不要喝點什麼?

B 冷^{つめ}たいお茶^{ちゃ}が飲^のみたいです。

tsu.me.ta.i./o.cha.ga./no.mi.ta.i./de.su.

我想喝冰涼的茶。

●延伸會話句●

今年^{ことし}は体重^{たいじゅう}を減^へらしたいです。

ko.to.shi.wa./ta.i.ju.u.o./he.ra.shi.ta.i./de.su.

今年想要減重。

京都^{きょうと}に行^いってみたい。

kyo.u.to.ni./i.tte./mi.ta.i.

想去趟京都看看。

将来^{しょうらい}、何^{なに}になりたいですか?

sho.u.ra.i./na.ni.ni./na.ri.ta.i./de.su.ka.

將來想當什麼呢?

部屋^{へや}で朝食^{ちょうしょく}をとりたいのですが。

he.ya.de./cho.u.sho.ku.o./to.ri.ta.i.no./de.su.ga.

我想在房間吃早餐。

「～がほしいのですが」

我想要～

我想要拿時刻表。

時刻表
(じ こく ひょう)
ji.ko.ku.hyo.u.

がほしいのですが。
ga.ho.shi.i.no.de.su.ga.

單字輕鬆換：

(かみぶくろ) 紙袋 ka.mi.bu.ku.ro.	紙袋	(あか) 赤いの a.ka.i.no.	紅色的
スプーン su.pu.u.n.	湯匙	(おな) 同じもの o.na.ji.mo.no.	同樣的
(ひと) もう1つ mo.u.hi.to.tsu.	再1個	レモンティー re.mo.n.ti.i.	檸檬茶

4 情緒感受

句型說明：

「～がほしいです」是「我想要～」的意思，用來表達自己想要的東西。而「～がほしいのですが」則是帶有要求、請求的語氣，是「我想要～，可以請你準備嗎」的意思。類似的句型有「できれば～がほしいのです」(可以的話我想要～)、「～てほしいです」(希望你做～)。

•萬用會話•

Ⓐ すみません、時刻表がほしいのですが。

su.mi.ma.se.n./ji.ko.ku.hyo.u.ga./ho.shi.i.no./de.su.ga.

不好意思，我想要時刻表。

B はい、どうぞ。

ha.i./do.u.zo.

好的，請。

•延伸會話句•

手順を教えてほしいのですが。

te.ju.n.o./o.shi.te.te./ho.shi.i.no./de.su.ga.

想請你教我步驟。

確認してほしいことがあります。

ka.ku.ni.n./shi.te./ho.shi.i./ko.to.ga./a.ri.ma.su.

有事想請你確認。

できれば直してほしい。

de.ki.re.ba./na.o.shi.te./ho.shi.i.

可以的話，想請你改正。

子供はできれば3人ほしいです。

ko.do.mo.wa./de.ki.re.ba./sa.n.ni.n./ho.shi.i./de.su.

可以的話想要3個小孩。

MP3 085

「～てくれてありがとう」
謝謝你～

謝謝你邀請我。

誘って
sa.so.tte.

くれてありがとう。
ku.re.te.a.ri.ga.to.u.

單字輕鬆換:

送って o.ku.tte.	送	覚えて o.bo.e.te.	記得
見つけて mi.tsu.ke.te.	找到	手伝って te.tsu.da.tte.	幫忙
返事して he.n.ji.shi.te.	回覆	応援して o.u.e.n.shi.te.	支持

❹ 情緒感受

句型說明:

「ありがとう」是「謝謝」的意思。「～てくれ
て」是對方做的事,故「～てくれてありがとう」
即是「謝謝你為我～」之意。也可以用「名詞+あ
りがとう」的句型,如「おみやげありがとう」
(謝謝你送的伴手禮)。

●**萬用會話**●

Ⓐ 今日<ruby>今日<rt>きょう</rt></ruby>は来<ruby>来<rt>き</rt></ruby>てくれてありがとう。

kyo.u.wa./ki.te./ku.re.te./a.ri.ga.to.u.

今天謝謝你來。

B こちらこそ、誘<ruby>誘<rt>さそ</rt></ruby>ってくれてありがとう。

ko.chi.ra.ko.so./sa.so.tte./ku.re.te./a.ri.ga.to.u.

我才要謝謝你邀請我。

●**延伸會話句**●

お招<ruby>招<rt>まね</rt></ruby>きいただいてありがとうございました。
o.ma.ne.ki./i.ta.da.i.te./a.ri.ga.to.u./go.za.i.ma.shi.
ta.

謝謝您邀請我。

メールありがとう。
me.e.ru./a.ri.ga.to.u.

謝謝你來信。

待<ruby>待<rt>ま</rt></ruby>っていてくれてありがとう。
ma.tte./i.te./ku.re.te./a.ri.ga.to.u.

謝謝你等我。

ご親切<ruby>親切<rt>しんせつ</rt></ruby>とてもありがたいです。
go.shi.n.se.tsu./to.te.mo./a.ri.ga.ta.i./de.su.

非常感謝您的親切。

「～てすみません」

對不起～

對不起讓你久等。

待たせて　すみません。

ma.ta.se.te.　　su.mi.ma.se.n.

單字輕鬆換：

遅れて o.ku.re.te.	遲到	できなくて de.ki.na.ku.te.	辦不到
泣かせて na.ka.se.te.	弄哭	覚えてなくて o.bo.e.te.na.ku.te.	不記得
手間をかけて te.ma.o.ka.ke.te.	造成麻煩	わかりにくくて wa.ka.ri.ni.ku.ku.te.	難懂

④ 情緒感受

句型說明：

「すみません」是「抱歉」、「對不起」之意。
「～てすみません」是自己做錯了事表示道歉。
比「すみません」更禮貌的說法是「申し訳あり
ません」，對朋友等非正式場合則是說「～てご
めん」。

•萬用會話•

A 待たせてすみません。

ma.ta.se.te./su.mi.ma.se.n.

不好意思讓你久等了。

B いいえ、わたしも来たばかりです。

i.i.e./wa.ta.shi.mo./ki.ta./ba.ka.ri./de.su.

不會，我也剛到。

•延伸會話句•

たびたびお邪魔してすみません。

ta.bi.ta.bi./o.ja.ma.shi.te./su.mi.ma.se.n.

很抱歉老是來打擾您。

早く連絡できなくてすみません。

ha.ya.ku./re.n.ra.ku./de.ki.na.ku.te./su.mi.ma.se.n.

抱歉不能早點聯絡。

驚かせてごめん。

o.do.ro.ka.se.te./go.me.n.

對不起嚇到你了。

迷惑をかけてごめんなさい。

me.i.wa.ku.o./ka.ke.te.go.me.n.na.sa.i.

造成你困擾，對不起。

「～によろしく」

代我向～問好

代我向你的家人問好。

ご**家族**<ruby>家族<rt>か ぞく</rt></ruby> によろしく。

go.ka.zo.ku. ni.yo.ro.shi.ku.

單字輕鬆換：

奥様 o.ku.sa.ma.	你的夫人	ご両親 go.ryo.u.shi.n.	你的父母
ご主人 go.shu.ji.n.	你的先生	皆さん mi.na.sa.n.	各位
お父さん o.to.u.sa.n.	令尊	クラスメート ku.ra.su.me.e.to.	同學

④ 情緒感受

句型說明：

「～によろしく」完整的句子是「～によろしく
お伝えください」，意為「請代我向～問好」。
「～」的部分置入想問好的對象，如「お母さま
にどうぞよろしくお伝えください」就是「請代
我向令堂問好」。

萬用會話

A そろそろ帰らないと。ご家族によろしく。

so.ro.so.ro./ka.e.ra.na.i.to./go.ka.zo.ku.ni./yo.ro.
shi.ku.

差不多該走了。代我向你的家人問好。

B わかった。じゃ、また来週。

wa.ka.tta./de.wa./ja.a./ra.i.shu.u.

好。那麼下週見。

延伸會話句

ご両親にどうぞよろしくお伝えください。

go.ryo.u.shi.n.ni./do.u.zo./yo.ro.shi.ku./o.tsu.ta.e./
ku.da.sa.i.

請代我向你的父母轉達問候之意。

ご主人によろしく伝えておいてね。

go.shu.ji.n.ni./yo.ro.shi.ku./tsu.ta.e.te./o.i.te.ne.

代我向你老公問好喔。

お母さんがよろしくって。

o.ka.a.sa.n.ga./yo.ro.shi.ku.tte.

母親要代我她向你問好。

弟さんにもよろしく言っといて。

o.to.u.to.sa.n.ni.mo./yo.ro.shi.ku./i.tto.i.te.

幫我跟你弟問個好。

088

「残念ながら、〜です」

很可惜〜

很可惜，答錯了。

残念ながら、 です。

za.n.ne.n.na.ga.ra. fu.se.i.ka.i. de.su.

單字輕鬆換：

ダメ da.me.	不行	中止 chu.u.shi	中止
終了 shu.u.ryo.u.	結束	不採用 fu.sa.i.yo.u.	不錄用
休業中 kyu.u.gyo.u. chu.u.	停業中	違うみたい chi.ga.u.mi.ta.i.	好像錯了

④ 情緒感受

句型說明：

「残念」是「可惜」的意思。「残念ながら」是慣用的說法，意思是「很可惜」。

●萬用會話●

Ⓐ 残念ながら、不正解です。

za.n.ne.n./na.ga.ra./fu.se.i.ka.i./de.su.

可惜，答錯了。

B うそ、一生懸命考えたのに。

u.so./i.ssho.u.ke.n.me.i./ka.n.ga.e.ta./no.ni.

不會吧，我拚命想出來的耶。

●延伸會話句●

残念ながら、違います。

za.n.ne.n./na.ga.ra./chi.ga.i.ma.su.

很可惜，不對。

残念ながら、わたしは今晩予定があります。

za.n.ne.n./na.ga.ra./wa.ta.shi.wa./ko.n.ba.n./yo.te.i.ga./a.ri.ma.su.

很可惜，我今晚有事了。

残念ですが、今回は参加できません。

za.n.ne.n./de.su.ga./ko.n.ka.i.wa./sa.n.ka./de.ki.ma.se.n.

很可惜，我這次無法參加。

残念なことに、今日は土砂降りの雨です。

za.n.ne.n.na./ko.to.ni./kyo.u.wa./do.sha.bu.ri.no./a.me./de.su.

很可惜，今天下大雨。

089

「〜べきだった」

當初應該要〜

當初應該要注意到的。

気づく べきだった。

ki.zu.ku.　　be.ki.da.tta.

單字輕鬆換：

そうす so.u.su.	這麼做	答える ko.ta.e.ru.	回答
認める mi.to.me.ru	承認	準備す ju.n.bi.su.	準備
考える ka.n.ga.e.ru.	思考	持ってくる mo.tte.ku.ru.	帶來

④ 情緒感受

句型說明：

「〜べきです」是「應該要〜」的意思，過去式是「〜べきでした」。「〜べきだった」是「〜べきでした」的普通形，用於自己的感嘆或是和朋友抒發感想時。較特別的是「する」後面接「〜べきです」時為「すべき」，也可以寫作「するべき」。

•萬用會話•

A もっと早く気づくべきだった。

mo.tto./ha.ya.ku./ki.zu.ku./be.ki./da.tta.

我應該早點注意到的。

B 気にしないで。あなたのせいじゃないよ。

ki.ni./shi.na.i.de./a.na.ta.no./se.i./ja.na.i.yo.

別在意。不是你的錯啦。

•延伸會話句•

もっと早く出発すべきでした。

mo.tto./ha.ya.ku./shu.ppa.tsu./su.be.ki./de.shi.ta.

應該早點出發的。

課長も辞めるべきだったと思うよ。

ka.cho.u.mo./ya.me.ru./be.ki./da.tta.to./o.mo.u.yo.

我覺得課長當初也該辭職啊。

もうすこし注意すべきだったのに。

mo.u./su.ko.shi./chu.u.i./su.be.ki./da.tta./no.ni.

當初應該更注意一點的。

もっと勉強すべきだった。

mo.tto./be.n.kyo.u./su.be.ki./da.tta.

當初應該更用功一點的。

090

「～てよかったです」

～真是太好了

去留學真是太好了。

りゅう がく
留学して よかったです。

ryu.u.ga.ku.shi.te.　　yo.ka.tta.de.su.

單字輕鬆換：

来て ki.te.	來	いて i.te.	在
うそじゃなく て u.so.ja.na.ku. te	不是謊言 .	選んで e.ra.n.de	選擇
会えて a.e.te.	能見面		

句型說明：

　　「～てよかったです」是「～太好了」、「真高
興～」、「還好有～」的意思。表示做了某件事
情之後覺得非常的滿足、很值得，慶幸自己有做
這件事。

④
情緒感受

萬用會話

Ⓐ 留学生活(りゅうがくせいかつ)はどうでしたか？

ryu.u.ga.ku./se.i.ka.tsu.wa./do.u./de.shi.ta.ka.

留學生活怎麼樣呢？

B たくさん成長(せいちょう)しました。本当(ほんとう)に留学(りゅうがく)してよかったです。

ta.ku.sa.n./se.i.cho.u./shi.ma.shi.ta./ho.n.to.u.ni./
ryu.u.ga.ku./shi.te./yo.ka.tta./de.su.

我成長了很多。去留學真是太好了。

延伸會話句

あなたにお会(あ)いできてよかったです。

a.na.ta.ni./o.a.i./de.ki.te./yo.ka.tta./de.su.

很高興能和你見面。

医者(いしゃ)になってよかったと思(おも)います。

i.sha.ni./na.tte./yo.ka.tta.to./o.mo.i.ma.su.

很高興能當上醫生。

治療(ちりょう)を受(う)けてよかった。

chi.ryo.u.o./u.ke.te./yo.ka.tta.

真高興接受了治療。

時間(じかん)がかかりましたが、無事(ぶじ)に解決(かいけつ)してよかったです。

ji.ka.n.ga./ka.ka.ri.ma.shi.ta.ga./bu.ji.ni./ka.i.ke.
tsu./shi.te./yo.ka.tta./de.su.

雖然花了很多時間，但能順利解決真是太好了。

091

「～ばよかった」

要是～就好了

要是有去就好了。

行けば よかった。
i.ke.ba.　　yo.ka.tta.

單字輕鬆換:

頑張れば ga.n.ba.re.ba.	努力	知っとけば shi.tto.ke.ba.	先了解
購入すれば ko.u.nyu.u.su. re.ba.	買	言わなければ i.wa.na.ke.re.ba.	不講
知らなけれ ば shi.ra.na.ke. re.ba.	不知道	助けてあげれば ta.su.ke.te.a.ge.re.ba.	幫忙

❹ 情緒感受

句型說明:

「～ばよかった」意思是「應該要去的～」、「該
～的」之意,通常是表示「早知道就～」的後悔
心情。類似的句型還有「～しておけばよかっ
た」、「しとけばよかった」。

萬用會話

Ⓐ これ、昨日の歓迎会で撮った写真。

ko.re./ki.no.u.no./ka.n.ge.i.ka.i.de./to.tta./sha.shi.n.

這個是昨天迎新會拍的照片。

B 楽しそう。行けばよかったな。

ta.no.shi.so.u./i.ke.ba./yo.ka.tta.na.

看起來很開心,要是我有去就好了。

延伸會話句

言ってくれればよかったのに、なんで言わなかったの?

i.tte./ku.re.re.ba./yo.ka.tta./no.ni./na.n.de./i.wa.na.ka.tta.no.

早點跟我講就好了,怎麼不説呢?

あ、雨。傘を持って来ればよかったな。

a./a.me./ka.sa.o./mo.tte./ku.re.ba./yo.ka.tta.na.

啊,下雨了。要是有帶傘來好了。

おいしそう、あれを注文すればよかったな。

o.i.shi.so.u./a.re.o./chu.u.mo.n./su.re.ba./yo.ka.tta.na.

看起來好好吃喔,早知道點那個就好了。

あの時、断っておけばよかった。

a.no./to.ki./ko.to.wa.tte./o.ke.ba./yo.ka.tta.

那個時候要是拒絕了該有多好。

表達情緒

在日語中，如果是要表達自己的心情或是情緒，通常會用「過去式」，而且常會使用「普通形」。這是因為表達情緒時通常是事情已經發生，所以用「過去式」，而且是說給自己聽的，故用「普通形」。下面列出幾種常見表達情緒的口語：

情況：東西遍尋不著，正緊張的時候終於找到了。

Ⓐ あ、あった!よかった!
啊，找到了!太好了！

情況：被嚇了一大跳時。

Ⓐ あ、びっくりした。
啊，嚇我一跳。

情況：事情有驚無險時。

Ⓐ さっきは危（あぶ）なかった!
剛才真是好險！

情況：突然發現做錯了什麼事，脱口說出「糟了」。

Ⓐ しまった!財布（さいふわす）忘れた!
糟了！忘了帶錢包！

5

生活經驗

🎧 092

「～ことがあります」

曾經～過

曾經造訪過。

訪れた	ことがあります。

おとず
o.to.zu.re.ta.　　ko.to.ga.a.ri.ma.su.

↓

單字輕鬆換：

登った no.bo.tta. のぼ	爬上	経験した ke.i.ke.n.shi.ta. けいけん	經歷
怪我した ke.ga.shi.ta. け が	受傷	選ばれた e.ra.ba.re.ta. えら	被選上
間違えた ma.chi.ga.e.ta. ま ちが	弄錯	後悔した ko.u.ka.i.shi.ta. こうかい	後悔

句型說明：

　　「～ことがあります」用於表示經驗，是「曾經
～過」的意思。「～」的部分通常是用動詞過去
式。

⑤ 生活經驗

201

•萬用會話•

Ⓐ ベトナムに行ったことがありますか?

be.to.na.mu.ni./i.tta./ko.to.ga./a.ri.ma.su.ka.

你去過越南嗎?

B はい、2回訪れたことがあります。

ha.i./ni.ka.i./o.to.zu.re.ta./ko.to.ga./a.ri.ma.su.

有,曾經造訪過2次。

•延伸會話句•

一度もけんかしたことがありません。

i.chi.do.mo./ke.n.ka./shi.ta./ko.to.ga./a.ri.ma.se.n.

一次架都沒吵過。

一度だけゴルフをしたことがある。

i.chi.do./da.ke./go.ru.fu.o./shi.ta./ko.to.ga./a.ru.

曾經打過一次高爾夫球。

今まで入院したことがありますか?

i.ma./ma.de./nyu.u.i.n./shi.ta./ko.to.ga./a.ri.ma.su.ka.

至今曾經住過院嗎?

以前、彼に会ったことがある。

i.ze.n./ka.re.ni./a.tta./ko.to.ga./a.ru.

以前曾經和他見過面。

🔊 093

「お〜になりましたか」

〜了嗎

已經回去了嗎？

お帰り になりましたか？
か　え
o.ka.e.ri.　ni.na.ri.ma.shi.ta.ka.

⬇

單字輕鬆換：

お買い o.ka.i.	買	お読み o.yo.mi.	讀
お見え o.mi.e.	來	お休み o.ya.su.mi.	休息
お聞き o.ki.ki.	聽／看	お出かけ o.de.ka.ke.	外出

句型說明：

「お(ご)〜になりましたか」是尊敬對方的說法，
詢問是不是已經做了某件事時，就用這個說法。
常見的尊敬語用法如「お見えになります」(來
訪)、「お休みになります」(休息就寢)、「ご覧に
なります」(看、讀)。

5
生活經驗

203

•萬用會話•

A 課長は何時ごろお帰りになりましたか？

ka.cho.u.wa./na.n.ji./go.ro./o.ka.e.ri.ni./na.ri.ma.
shi.ta.ka.

課長是幾點回去的呢？

B えっと、6時半くらいです。

e.tto./ro.ku.ji.ha.n./ku.ra.i./de.su.

嗯…大約6點半。

•延伸會話句•

メールはもうご覧になりましたか？

me.e.ru.wa./mo.u./go.ra.n.ni./na.ri.ma.shi.ta.ka.

您是否已經看過電子郵件了？

何時頃お戻りになりますか？

na.n.ji.go.ro./o.mo.do.ri.ni./na.ri.ma.su.ka.

請問大約何時回來呢？

彼の最新作はもうお聴きになりましたか？

ka.re.no./sa.i.shi.n.sa.ku.wa./mo.u./o.ki.ki.ni./na.ri.
ma.shi.ta.ka.

請問你聽過他的最新作品了嗎？

温泉にお入りになりましたか？

o.n.se.n.ni./o.ha.i.ri.ni./na.ri.ma.shi.ta.ka.

已經泡過溫泉了嗎？

⊚ 094

「～を<ruby>案内<rt>あんない</rt></ruby>します」

介紹～

介紹築地。

を<ruby>案内<rt>あんない</rt></ruby>します。

tsu.ki.ji. o.a.n.na.i.shi.ma.su.

單字輕鬆換：

この<ruby>街<rt>まち</rt></ruby> ko.no.ma.chi.	這個街道	<ruby>京都<rt>きょうと</rt></ruby> kyo.u.to.	京都
<ruby>工場<rt>こうじょう</rt></ruby> ko.u.jo.u.	工廠	<ruby>会社<rt>かいしゃ</rt></ruby> ka.i.sha.	公司
<ruby>学校<rt>がっこう</rt></ruby> ga.kko.u.	學校	<ruby>館内<rt>かんない</rt></ruby> ka.n.na.i.	館內

句型說明：

「<ruby>案内<rt>あんない</rt></ruby>します」是「為人介紹、導覽」的意思，
「～を<ruby>案内<rt>あんない</rt></ruby>します」即是「由我來導覽～」的意思。

5
生活經驗

●萬用會話●

Ⓐ 一度は築地に行きたいな。

i.chi.do.wa./tsu.ki.ji.ni./i.ki.ta.i.na.

真想去一次築地看看。

B 興味があったら、今度わたしが築地を案内します。

kyo.u.mi.ga./a.tta.ra./ko.n.do./wa.ta.shi.ga./tsu.ki.ji.o./a.n.na.i./shi.ma.su.

有興趣的話，下次我來介紹。

●延伸會話句●

出口まで案内してくれますか？

de.gu.chi./ma.de./a.n.na.i./shi.te./ku.re.ma.su.ka.

你可以告訴我怎麼到出口嗎？

そのバス停まで案内いたします。

so.no./ba.su.te.i./ma.de./a.n.na.i./i.ta.shi.ma.su.

我帶您到那個公車站。

台湾に旅行に来たら、わたしが案内します。

ta.i.wa.n.ni./ryo.ko.u.ni./ki.ta.ra./wa.ta.shi.ga./a.n.na.i./shi.ma.su.

到台灣旅行的話，就由我來當導遊。

わたしがここをご案内いたします。

wa.ta.shi.ga./ko.ko.o./go.a.n.na.i./i.ta.shi.ma.su.

我來為您介紹這裡。

「～で働いています」
在～工作

在出版社工作。

しゅっぱんしゃ	で働いています。
出版社	
shu.ppa.n.sha.	de.ha.ta.ra.i.te.i.ma.su.

單字輕鬆換：

あおさか 大阪 o.o.sa.ka.	大阪	しょうしゃ 商社 sho.u.sha.	商社
ぼくじょう 牧場 bo.ku.jo.u.	牧場	じんじか 人事課 ji.n.ji.ka.	人事課
はなや 花屋さん ha.na.ya.sa.n.	花店	ぎょうかい テレビ業界 te.re.bi.gyo.u.ka.i.	電視圈

句型說明：

　　「働きます」是「工作」的意思，「～で働いています」是「在～工作」的意思。也可說「～に勤めています」。

⑤ 生活經驗

萬用會話

A お仕事は何をしていますか?

o.shi.go.to.wa./na.ni.o./shi.te./i.ma.su.ka.

從事什麼工作呢?

B 出版社で働いています。

shu.ppa.n.sha.de./ha.ta.ra.i.te./i.ma.su.

我在出版社工作。

延伸會話句

わたしは教師として働いています。

wa.ta.shi.wa./kyo.u.shi./to.shi.te./ha.ta.ra.i.te./i.ma.su.

我的職業是老師。

わたしは大手企業に勤めています。

wa.ta.shi.wa./o.o.te.ki.gyo.u.ni./tsu.to.me.te./i.ma.su.

我在大型企業工作。

セールスの仕事をしています。

se.e.ru.su.no./shi.go.to.o./shi.te./i.ma.su.

我從事業務工作。

どこに勤めていますか?

do.ko.ni./tsu.to.me.te./i.ma.su.ka.

你在哪裡工作呢?

096

「～たりします」

做點～之類的

出個門之類的。

出かけた	りします。
de.ka.ke.ta.	ri.shi.ma.su.

單字輕鬆換：

寝た ne.ta.	睡	泳いだ o.yo.i.da.	游泳
遊んだ a.so.n.da.	玩	洗濯した se.n.ta.ku.shi.ta.	洗衣
買い物した ka.i.mo.no.shi.ta.	購物	サッカーした sa.kka.a.shi.ta.	踢足球

句型說明：

「～たり、～たりします」是用於舉例，意思「做些～之類的」，「～」的部分是用動詞過去式。類似的句型有「～とか、～とか」。

・萬用會話・

Ⓐ 休日は何をしていますか?

kyu.u.ji.tsu.wa./na.ni.o./shi.te./i.ma.su.ka.

假日都做些什麼呢?

Ⓑ ジムに行ったり、友達と出かけたりします。

ji.mu.ni./i.tta.ri./to.mo.da.chi.to./de.ka.ke.ta.ri./shi.
ma.su.

上健身房、和朋友出去之類的。

・延伸會話句・

雨が降ったりやんだりしています。

a.me.ga./fu.tta.ri./ya.n.da.ri./shi.te./i.ma.su.

雨下下停停。

子供とよくプールに行ったり、サイクリングした
りします。

ko.do.mo.to./yo.ku./pu.u.ru.ni./i.tta.ri./sa.i.ku.ri.n.
gu./shi.ta.ri./shi.ma.su.

常常和小孩一起去游泳池、騎車之類的。

家で手芸をしたりとか、ショッピングに行ったり
とか。

i.e.de./shu.ge.i.o./shi.ta.ri./to.ka./sho.ppi.n.gu.ni./i.
tta.ri./to.ka.

在家做做手工藝、去購物之類的。

097

「〜ながら」

一邊〜

一邊聽音樂一邊走路。

音楽を聴き ながら歩きます。

おんがく き あ

o.n.ga.ku.o.ki.ki.　na.ga.ra.a.ru.ki.ma.su.

↓

單字輕鬆換：

話し ha.na.shi.	講話	笑い wa.ra.i.	笑
眺め na.ga.me.	望/看	歌い u.ta.i.	唱歌
電話し de.n.wa.shi.	講電話	タバコを吸い ta.ba.ko.o.su.i.	抽菸

句型說明：

「〜ながら」是「一邊〜一邊〜」的意思。通常「ながら」的後面是主要的動作，前面是順便在同時間做的事情。

5
生活經驗

◆萬用會話◆

A 音楽(おんがく)は好(す)きですか?

o.n.ga.ku.wa./su.ki./de.su.ka.

你喜歡音樂嗎?

B はい、最近(さいきん)よく買(か)い物(もの)に行(い)く時(とき)ときは音楽(おんがく)を聴(き)きながら歩(ある)きます。

ha.i./sa.i.ki.n./yo.ku./ka.i.mo.no.ni./i.ku./to.ki.wa./o.n.ga.ku.o./ki.ki.na.ga.ra./a.ru.ki.ma.su.

喜歡,最近去購物時常會一邊聽音樂一邊走路。

◆延伸會話句◆

景色(けしき)を見(み)ながら散歩(さんぽ)するのが好(す)きです。

ke.shi.ki.o./mi.na.ga.ra./sa.n.po./su.ru.no.ga./su.ki.de.su.

我喜歡一邊看風景一邊散步。

息子(むすこ)は泣(な)きながら謝(あやま)った。

mu.su.ko.wa./na.ki.na.ga.ra./a.ya.ma.tta.

兒子一邊哭一邊道歉。

わたしは働(はたら)きながら大学院(だいがくいん)に通(かよ)っている。

wa.ta.shi.wa./ha.ta.ra.ki./na.ga.ra./da.i.ga.ku.i.n.ni./ka.yo.tte./i.ru.

我一邊工作一邊念研究所。

眠気(ねむけ)と戦(たたか)いながら勉強(べんきょう)している。

ne.mu.ke.to./ta.ta.ka.i./na.ga.ra./be.n.kyo.u./shi.te./i.ru.

一邊對抗睡意一邊念書。

「～を探しています」

在找～

在找打工。

バイト を探しています。

ba.i.to. o.sa.ga.shi.te.i.ma.su.

單字輕鬆換：

人 hi.to.	人	迷子 ma.i.go.	走失兒童
部屋 he.ya.	房間	ペット pe.tto.	寵物
説明書 se.tsu.me.i. sho.	說明書	いい弁護士 i.i.be.n.go.shi.	好律師

句型說明：

「探します」是「找」的意思。「～を探しています」是表示正在尋找的狀態，可以用於具體或抽象的事物。

5 生活經驗

萬用會話

A 大学で何をしたいですか？

da.i.ga.ku.de./na.ni.o./shi.ta.i./de.su.ka.

上了大學想做什麼呢？

B 自分で学費を稼ぎたいから、今はバイトを
探しています。

ji.bu.n.de./ga.ku.hi.o./ka.se.gi.ta.i./ka.ra./i.ma.wa./
ba.i.to.o./sa.ga.shi.te./i.ma.su.

我想要自己賺學費，現在正在找打工。

延伸會話句

プール付きのホテルを探している。

pu.u.ru.zu.ki.no./ho.te.ru.o./sa.ga.shi.te./i.ru.

我在找有泳池的飯店。

何かお探しですか？

na.ni.ka./o.sa.ga.shi./de.su.ka.

請問您在找什麼呢？

ジーンズを探しています。

ji.i.n.zu.o./sa.ga.shi.te./i.ma.su.

我在找牛仔褲。

アパートを探したいです。

a.pa.a.to.o./sa.ga.shi.ta.i./de.su.

我想找(租)公寓。

「〜が盗まれた」
〜被偷了

脚踏車被偷了。

自転車 が盗まれた。

ji.te.n.sha.　　ga.nu.su.ma.re.ta.

單字輕鬆換：

財布 sa.i.fu.	錢包	手帳 te.cho.u.	日誌
かばん ka.ba.n.	包包	カメラ ka.me.ra.	相機
ジュエリー ju.e.ri.i.	珠寶	パスワード pa.su.wa.a.do.	密碼

⑤ 生活經驗

句型說明：

「盗まれた」是「盗まれました」的普通形。「〜に〜を盗まれた」，「に」的前面是放偷東西的人，「を」的前面則是放物品。若是不提到偷東西的人，只描述物件被偷，則是用「〜が盗まれた」的句型。

●萬用會話●

Ⓐ 自転車が盗まれた。
じてんしゃ　ぬす

ji.te.n.sha.ga./nu.su.ma.re.ta.

腳踏車被偷了。

Ⓑ あら、大変。家まで車で送りましょうか?
たいへん　いえ　くるま　おく

a.ra./ta.i.he.n./i.e.ma.de./ku.ru.ma.de./o.ku.ri.ma.
sho.u.ka.

唉呀，真糟糕。要不要我開車送你回家?

●延伸會話句●

泥棒に貴重品を盗まれました。
どろぼう　きちょうひん　ぬす

do.ro.bo.u.ni./ki.cho.u.hi.n.o./nu.su.ma.re.ma.shi.
ta.

貴重品被小偷偷走了。

かばんを盗まれてしまった。
ぬす

ka.ba.n.o./nu.su.ma.re.te./shi.ma.tta.

包包被偷了。

わたしの傘が誰かに盗まれたみたいです。
かさ　だれ　ぬす

wa.ta.shi.no./ka.sa.ga./da.re.ka.ni./nu.su.ma.re.ta./
mi.ta.i./de.su.

我的傘好像被人偷了。

出勤の途中、どこかで財布を盗まれた。
しゅっきん　とちゅう　さいふ　ぬす

shu.kki.n.no./to.chu.u./do.ko.ka.de./sa.i.fu.o./nu.su.
ma.re.ta.

上班途中錢包被偷了。

「〜てみます」
〜看看

問看看。／聽看看。

聞いて みます。

ki.i.te.　　mi.ma.su.

單字輕鬆換：

探して sa.ga.shi.te.	找	考えて ka.n.ga.e.te.	思考
使って tsu.ka.tte.	使用	応募して o.u.bo.shi.te.	申請
頑張って ga.n.ba.tte.	努力	チェックして che.kku.shi.te.	檢查

句型說明：

「〜てみます」是「試試看〜」、「試著〜」的意思，表示想要嘗試的意願。「〜てみたいです」則是「想要試試看〜」之意。

⑤ 生活經驗

Ⓐ 念_{ねん}のため、店員_{てんいん}さんにも聞_きいたほうがいいか
もしれませんよ。

ne.n.no./ta.me./te.n.i.n.sa.n.ni.mo./ki.i.ta./ho.u.ga./
i.i./ka.mo.shi.re.ma.se.n.yo.

保險起見，最好還是問問店員喔。

B 分_わかりました、聞_きいてみます。

wa.ka.ri.ma.shi.ta./ki.i.te./mi.ma.su.

知道了，我問看看。

•延伸會話句•

もう一度_{いちど}レポートを出_だしてみる。

mo.u.i.chi.do./re.po.o.to.o./da.shi.te./mi.ru.

再提交一次報告看看。

ぜひ使_{つか}ってみてください。

ze.hi./tsu.ka.tte./mi.te./ku.da.sa.i.

請務必用看看。

着_きてみてもいいですか?

ki.te./mi.te.mo./i.i.de.su.ka.

可以試穿嗎?

いつか沖縄_{おきなわ}に行_いってみたい。

i.tsu.ka./o.ki.na.wa.ni./i.tte./mi.ta.i.

希望有天能去沖繩。

「いつも〜ています」

経常〜

常去。

いつも **通って** います。
　　　　か よ
i.tsu.mo. ka.yo.tte. i.ma.su.

單字輕鬆換：

学んで ma.na.n.de.	學	守って ma.mo.tte.	遵守
怒られて o.ko.ra.re.te.	被罵	満足して ma.n.zo.ku.shi.te.	満足
感謝して ka.n.sha.shi.te.	感謝	購入して ko.u.nyu.u.shi.te.	購入

句型說明：

「いつも」是「總是」之意。「いつも〜ています」是「總是做〜」，表示持續某件事情的狀態。

●萬用會話●

Ⓐ 駅前のイタリアンレストラン、行ったことありますか？

e.ki.ma.e.no./i.ta.ri.a.n.re.su.to.ra.n./i.tta./ko.to./a.ri.ma.su.ka.

車站前的義大利餐廳，你去過嗎？

Ⓑ ええ、そこのパスタがおいしくていつも通っています。

e.e./so.ko.no./pa.su.ta.ga./o.i.shi.ku.te./i.tsu.mo./ka.yo.tte./i.ma.su.

嗯，那裡的義大利麵很好吃，我經常去。

●延伸會話句●

このブログが面白くていつも楽しみにしているんです。

ko.no./bu.ro.gu.ga./o.mo.shi.ro.ku.te./i.tsu.mo./ta.no.shi.mi.ni./shi.te./i.ru.n./de.su.

這個部落格很有趣，我總是很期待(它更新)。

毎日忙しく過している。

ma.i.ni.chi./i.so.ga.shi.ku./su.go.shi.te./i.ru.

每天都過得很忙碌。

体調がちょっとずつよくなっている。

ta.i.cho.u.ga./cho.tto./zu.tsu./yo.ku./na.tte./i.ru.

身體漸漸康復中。

「～ばかりしています」

老是～

老是在發問。

質問
し.つ.も.ん.
shi.tsu.mo.n.

ばかりしています。

ba.ka.ri. shi.te.i.ma.su.

單字輕鬆換：

失敗 shi.ppa.i.	失敗	後悔 ko.u.ka.i.	後悔
けんか ke.n.ka.	吵架	じゃま ja.ma.	礙事
悪いこと wa.ru.i.ko.to.	壞事	同じ料理 o.na.ji.ryo.u.ri.	同樣的菜

句型說明：

「ばかり」是「總是」、「老是」的意思。「～
ばかりしています」是「總是在～」之意，表示
經常或是持續發生的情況

⑤ 生活經驗

●●●
●萬用會話●

Ⓐ その子はいつも変な質問ばかりしています。

so.no.ko.wa./i.tsu.mo./he.n.na./shi.tsu.mo.n./ba.ka.
ri./shi.te./i.ma.su.

那個孩子總是問奇怪的問題。

B でも面白いから、いいんじゃないですか?

de.mo./o.mo.shi.ro.i./ka.ra./i.i.n.ja.na.i./de.su.ka.

但挺有趣的,沒關係吧。

●●
●延伸會話句●

文句ばかり言っています。

mo.n.ku./ba.ka.ri./i.tte./i.ma.su.

老是抱怨。

彼はカップ麺ばかり食べている。

ka.re.wa./ka.ppu.me.n./ba.ka.ri./ta.be.te./i.ru.

他總是吃泡麵。

彼女は自分の気持ちを考えてばかりです。

ka.no.jo.wa./ji.bu.n.no./ki.mo.chi.o./ka.n.ga.e.te./
ba.ka.ri./de.su.

她只顧自己的感覺。

目に悪いからテレビばかり見ないで。

me.ni./wa.ru.i./ka.ra./te.re.bi./ba.ka.ri./mi.na.i.de.

不要老是看電視,對視力不好。

「〜てしまった」

不小心〜

不小心輸了。

負けて しまった。
ma.ke.te. shi.ma.tta.

單字輕鬆換：

焦って a.se.tte.	慌張	笑って wa.ra.tte.	笑
忘れて wa.su.re.te.	忘記	壊して ka.wa.shi.te.	弄壞
ミスして mi.su.shi.te.	犯錯	取られて to.ra.re.te.	被拿走

句型說明：

「〜てしまった」有完成某動作或是不小心做了
某件事之意，本書例句著重在後者的意思。用於
不希望發生的事情卻發生了，帶有吃驚和遺憾的
語意。

⑤ 生活經驗

•萬用會話•

Ⓐ 最初の試合で負けてしまった。
さいしょ　　しあい　　　ま

sa.i.sho.no./shi.a.i.de./ma.ke.te./shi.ma.tta.

第一場比賽就輸了。

Ⓑ 残念だね。次はきっとうまくいくから。
ざんねん　　　　　つぎ

za.n.ne.n./da.ne./tsu.gi.wa./ki.tto./u.ma.ku./i.ku./
ka.ra.

真可惜。下次一定會順利的。

•延伸會話句•

色々考えすぎて眠れなくなってしまった。
いろいろかんが　　　　　ねむ

i.ro.i.ro./ka.n.ga.e./su.gi.te./nu.mu.re.na.ku./na.tte./
shi.ma.tta.

東想西想想太多了結果睡不著。

うそがバレてしまった。

u.so.ga./ba.re.te./shi.ma.tta.

謊言被拆穿了。

うっかりエアコンのリモコンを持って来てしまっ
た。　　　　　　　　　　　　　　　　　も　　き

u.kka.ri./e.a.ko.n.no./ri.mo.ko.n.o./mo.tte./ki.te./
shi.ma.tta.

不小心把冷氣的遙控器給帶來了。

お礼を言い忘れてしまいました。
れい　　い　　わす

o.re.i.o./i.i.wa.su.re.te./shi.ma.i.ma.shi.ta.

不小心忘了道謝。

「～ことにしています」

持續～

持續學習。

勉強する
べんきょう
be.n.kyo.u.su.ru.

ことにしています。
ko.to.ni.shi.te.i.ma.su.

單字輕鬆換：

行う おこな o.ko.na.u.	舉行	本を読む ほん よ ho.n.o.yo.mu.	讀書
早起きする はや お ha.ya.o.ki.su.ru.	早起	電源を切る でんげん き de.n.ge.n.o.ki.ru.	關電源
野菜を食べる やさい た ya.sa.i.o.ta.be.ru.	吃蔬菜	ジョギングする jo.gi.n.gu.su.ru.	慢跑

句型說明：

「～ことにしています」是決定要，定下規則並持續做某件事，用來表示習慣或表示刻意維持某件事情。

⑤ 生活經驗

•萬用會話•

Ⓐ 毎日1時間英語を勉強することにしています。

ma.i.ni.chi./i.chi.ji.ka.n./e.i.go.o./be.n.kyo.u./su.ru./ko.to.ni./shi.te./i.ma.su.

我持續每天都花1小時學英語。

Ⓑ 田中くんって、本当に勉強熱心ですね。

ta.na.ka.ku.n.tte./ho.n.to.u.ni./be.n.kyo.u./ne.sshi.n./de.su.ne.

田中你真的很熱衷於學習呢。

•延伸會話句•

夜食は食べないことにしている。

ya.sho.ku.wa./ta.be.na.i./ko.to.ni./shi.te./i.ru.

維持不吃宵夜的習慣。

散歩は欠かさないことにしている。

sa.n.po.wa./ka.ka.sa.na.i./ko.to.ni./shi.te./i.ru.

持續維持散步的習慣。

仕事するとき、彼はめがねをかけることにしている。

shi.go.to./su.ru./to.ki./ka.re.wa./me.ga.ne.o./ka.ke.ru./ko.to.ni./shi.te./i.ru.

他有工作時戴眼鏡的習慣。

「よく～たんだ」

以前經常～

以前經常用。

よく **使った**(つか) んだ。

yo.ku tsu.ka.tta. n.da.

單字輕鬆換：

見(み)かけた mi.ka.ke.ta.	看到	出(で)ていた de.te.i.ta.	出現
歌(うた)っていた u.ta.tte.i.ta.	唱	叱(しか)られた shi.ka.ra.re.ta.	被罵
褒(ほ)められた ho.me.ra.re.ta.	被稱讚	弾(ひ)いていた hi.i.te.i.ta.	彈奏

句型說明：

　　「よく～たんだ」是「以前常常～」的意思，帶有回顧以往的感覺，描述以前的事蹟。也可以用「よく～たものだ」。

❺ 生活經驗

萬用會話

A これは何(なに)？

ko.re.wa./na.ni.

這是什麼？

B ウォークマンだよ。昔(むかし)よく使(つか)ったんだ。

wo.o.ku.ma.n./da.yo./mu.ka.shi./yo.ku./tsu.ka.tta.
n.da.

是隨身聽。以前經常用呢。

延伸會話句

昔(むかし)は問題児(もんだいじ)とよく言(い)われたものです。

mu.ka.shi.wa./mo.n.da.i.ji.to./yo.ku./i.wa.re.ta./mo.
no./de.su.

我以前常被説是問題兒童。

小(ちい)さいころに兄弟(きょうだい)とよくけんかしたものだ。

chi.i.sa.i./ko.ro.ni./kyo.u.da.i.to./yo.ku./ke.n.ka./
shi.ta./mo.no.da.

小時候常常和兄弟吵架。

高校(こうこう)の時(とき)あのモールによく遊(あそ)びに行(い)ったものだ。

ko.u.ko.u.no./to.ki./a.no./mo.o.ru.ni./yo.ku./a.so.bi.
ni./i.tta./mo.no.da.

高中時常在那個購物中心玩呢。

「～に行きます」

去～

去看。

見 に行きます。

mi. ni.i.ki.ma.su.

單字輕鬆換：

聞き ki.ki.	聽／問	釣り tsu.ri.	釣魚
登山 to.za.n.	登山	戦い ta.ta.ka.i.	對抗
応援し o.u.e.n.shi.	支持	見学し ke.n.ga.ku.shi.	參觀

⑤ 生活經驗

句型說明：

「～に行きます」是「去～」之意，「～」的部分除了用目的地之外，也可以使用動詞表示去做某件事。

萬用會話

Ⓐ 今夜はどんな予定ですか?

ko.n.ya.wa./do.n.na./yo.te.i./de.su.ka.

今天晚上打算做什麼?

Ⓑ せっかく函館に来たので、夜景を見に行きます。

se.kka.ku./ha.ko.da.te.ni./ki.ta./no.de./ya.ke.i.o./mi.ni./i.ki.ma.su.

難得來函館,要去看夜景。

•延伸會話句•

さて明日はどこに遊びに行きますかね。

sa.te./a.shi.ta.wa./do.ko.ni./a.so.bi.ni./i.ki.ma.su.ka.ne.

那明天要去哪玩呢。

今週末は服を買いに行きます。

ko.n.shu.u.ma.tsu.wa./fu.ku.o./ka.i.ni./i.ki.ma.su.

這週末要去買衣服。

今夜は飲みに行きませんか?

ko.n.ya.wa./no.mi.ni./i.ki.ma.se.n.ka.

今晚要不要去喝一杯?

残りの試合は勝ちに行きたいです。

no.ko.ri.no./shi.a.i.wa./ka.chi.ni./i.ki.ta.i.de.su.

剩下的比賽希望都贏。

「～に行ってきます」

去～

我去上班了。

仕事 に行ってきます。
し ご と

shi.go.to. ni.i.tte.ki.ma.su.

單字輕鬆換：

銀行 gi.n.ko.u.	銀行	旅行 ryo.ko.u.	旅行
ジム ji.mu.	健身房	コンビニ ko.n.bi.ni.	超商
おつかい o.tsu.ka.i.	跑腿	お手洗い o.te.a.ra.i.	洗手間

句型說明：

　　「～に行ってきます」和「～に行きます」都是「去～」的意思，但是「～に行ってきます」是去之後還會再回來，有「去去就回」、「出去一趟」之意。

⑤ 生活經驗

•萬用會話•

A 今から仕事に行ってきます。
<ruby>今<rt>いま</rt></ruby>から<ruby>仕事<rt>しごと</rt></ruby>に<ruby>行<rt>い</rt></ruby>ってきます。

i.ma./ka.ra./shi.go.to.ni./i.tte./ki.ma.su.

我要去工作了。

B いってらっしゃい。

i.tte.ra.ssha.i.

路上小心。

•延伸會話句•

<ruby>京都<rt>きょうと</rt></ruby>に<ruby>行<rt>い</rt></ruby>ってきます。<ruby>来週戻<rt>らいしゅうもど</rt></ruby>ります。

kyo.u.to.ni./i.tte./ki.ma.su./ra.i.shu.u./mo.do.ri.ma.su.

我去趟京都。下星期回來。

これから<ruby>打合<rt>うちあわ</rt></ruby>せに<ruby>行<rt>い</rt></ruby>ってきます。

ko.re.ka.ra./u.chi.a.wa.se.ni./i.tte./ki.ma.su.

現在要去開會。

<ruby>空港<rt>くうこう</rt></ruby>に<ruby>友達<rt>ともだち</rt></ruby>を<ruby>迎<rt>むか</rt></ruby>えに<ruby>行<rt>い</rt></ruby>ってくるよ。

ku.u.ko.u.ni./to.mo.da.chi.o./mu.ka.e.ni./i.tte./ku.ru.yo.

我去機場接朋友喔。

<ruby>今日<rt>きょう</rt></ruby>も<ruby>近所<rt>きんじょ</rt></ruby>を<ruby>散歩<rt>さんぽ</rt></ruby>に<ruby>行<rt>い</rt></ruby>ってきた。

kyo.u.mo./ki.n.jo.o./sa.n.po.ni./i.tte./ki.ta.

今天也去附近散了步回來。

🔊 108

「～を知っていますか」

知道～嗎

知道做法嗎？

作り方 を知っていますか？
つく かた   し
tsu.ku.ri.ka.ta.   o.shi.tte.i.ma.su.ka.

單字輕鬆換：

理由 り ゆう ri.yu.u.	理由	意味 い み i.mi.	意思
電話番号 でんわばんごう de.n.wa.ba.n. go.u	電話號碼	彼の住所 かれ じゅうしょ ka.re.no.ju.u.sho.	他的地址
あの男性 だんせい a.no.da.n.se.i.	那個男的	彼女のこと かのじょ ka.no.jo.no.ko.to.	她的事

句型說明：

　　「知ります」是「知道」、「認識」的意思，「～
を知っています」是表示知道某件事或認識某人。
し
而問對方是否知道某件事，就可以用「～を知っ
し
ていますか」。類似的句型還有「～が分かりま
わ
すか」和尊敬說法的「～をご存知ですか」。
ぞんじ

5 生活經驗

233

•萬用會話•

Ⓐ このサラダの作り方を知っていますか？

ko.no./sa.ra.da.no./tsu.ku.ri.ka.ta.o./shi.tte./i.ma.
su.ka.

你知道這個沙拉的做法嗎？

B いいえ、知りません。

i.i.e./shi.ri.ma.se.n.

不，我不知道。

•延伸會話句•

どこかいいレストランを知っていますか？

do.ko.ka./i.i./re.su.to.ra.n.o./shi.tte./i.ma.su.ka.

你知道什麼不錯的餐廳嗎？

わたしは素晴らしいイタリアンのシェフを知って
います。

wa.ta.shi.wa./su.ba.ra.shi.i./i.ta.ri.a.n.no./she.fu.o./
shi.tte./i.ma.su.

我知道一位很棒的義大利菜主廚。

彼はその仕事のやり方を知っているそうだ。

ka.re.wa./so.no./shi.go.to.no./ya.ri.ka.ta.o./shi.tte./i.
ru./so.u.da.

他好像知道那個工作的做法。

109

「〜は分かります」

懂〜

我懂你想說的。

言いたいこと　　は分かります。

i.i.ta.i.ko.to.　　　wa.wa.ka.ri.ma.su.

單字輕鬆換：

違い chi.ga.i.	不同	趣旨 shu.shi.	主旨
原因 ge.n.i.n.	原因	買い方 ka.i.ka.ta.	買法
お気持ち o.ki.mo.chi.	心情	忙しいの i.so.ga.shi.i.no.	忙碌

句型說明：

　　「知ります」和「分かります」都是「知道」之意。不同的是「〜は分かります」偏重「理解〜」、「了解〜」的意思。

●萬用會話●

A わたしの言っていることが分かりますか？

wa.ta.shi.no./i.tte./i.ru./ko.to.ga./wa.ka.ri.ma.su.ka.

你懂我在說什麼嗎？

B はい、あなたの言いたいことは分かります。

ha.i./a.na.ta.no./i.i.ta.i./ko.to.wa./wa.ka.ri.ma.su.

是，我理解你想說的。

●延伸會話句●

わたしはあなたがいつも忙しいことを分かっています。

wa.ta.shi.wa./a.na.ta.ga./i.tsu.mo./i.so.ga.shi.i.ko.to.o./wa.ka.tte./i.ma.su.

我知道你一向很忙。

伝えたいことは分かるけど、共感は出来ないなあ。

tsu.ta.e.ta.i./ko.to.wa./wa.ka.ru./ke.do./kyo.u.ka.n.wa./de.ki.na.i.na.a.

我懂你要表達的，但無法同感。

そうなることは分かっていたんだ。

so.u.na.ru./ko.to.wa./wa.ka.tte./i.ta.n.da.

早就知道會這樣。

110

「～が分かりません」

不知道～

不知道解法。

解き方	が分かりません。
to.ki.ka.ta.	ga.wa.ka.ri.ma.se.n.

單字輕鬆換:

意味 i.mi.	意思	手順 te.ju.n.	程序
帰り道 ka.e.ri.mi.chi.	回家的路	読み方 yo.mi.ka.ta.	念法
予約番号 yo.ya.ku.ba.n. go.u.	預約號碼	フランス語 fu.ra.n.su.go.	法語

句型說明:

「～が分かりません」是「不懂」、「不知道」的意思。「知りません」則是「沒聽說」、「不知道」。

5 生活經驗

•萬用會話•

A この問題の解き方が分かりません。教えていただけませんか?

ko.no./mo.n.da.i.no./to.ki.ka.ta.ga./wa.ka.ri.ma.se.n./o.shi.e.te./i.ta.da.ke.ma.se.n.ka.

我不知道這題的解法。可以請你教我嗎?

B ええ、いいですよ。

e.e./i.i.de.su.yo.

嗯,好啊。

•延伸會話句•

この辺りのことはよくわかりません。

ko.no./a.ta.ri.no./ko.to.wa./yo.ku./wa.ka.ri.ma.se.n

這一帶我不太熟。

英語がわからない。

e.i.go.ga./wa.ka.ra.na.i.

我不會英語。

美術館はどこにあるかは知りません。

bi.ju.tsu.ka.n.wa./do.ko.ni./a.ru.ka.wa./shi.ri.ma.se.n.

我不知道美術館在哪。

わたしはそれを知らなかった。

wa.ta.shi.wa./so.re.o./shi.ra.na.ka.tta.

那件事我之前不知道。

「～を知らないのですか」

你不知道～嗎

不知道名字嗎？

名前 な まえ na.ma.e.	を知らないのですか？ し o.shi.ra.na.i.no.de.su.ga.

單字輕鬆換：

何 なに na.ni.	什麼	事実 じ じつ ji.ji.tsu.	事實
マナー ma.na.a.	禮節	この店 みせ ko.no.mi.se.	這家店
行ったの い i.tta.no.	去了	結婚したこと けっこん ke.kko.n.shi.ta. ko.to.	已婚的事

句型說明：

　　「～を知らないのですか」是「你不知道～嗎」
的意思，和「～知りませんか」不同的是，「～
を知らないのですか」帶有質問、驚訝的語氣，
在原以為對方知道但對方卻不知道的情況下使用。
類似的句型有「～が分からないのですか」。

●萬用會話●

A あの選手の名前は？

a.no./se.n.shu.no./na.ma.e.wa.

那選手叫什麼名字？

B えっ?名前を知らないのですか?

e./na.ma.e.o./shi.ra.na.i.no./de.su.ka.

咦？你不知道他名字嗎？

●延伸會話句●

先生は彼のことを知らないのですか?

se.n.se.i.wa./ka.re.no./ko.to.o./shi.ra.na.i.no./de.su.
ka.

老師不知道他嗎？

そんなことも知らないの?

so.n.na./ko.to.mo./shi.ra.na.i.no.

那點事也不知道嗎？

本当に分からないのですか?

ho.n.to.u.ni./wa.ka.ra.na.i.no./de.su.ka.

是真的不知道嗎？

まだ分からないんですか?

ma.da./wa.ka.ra.na.i.n./de.su.ka.

還不懂嗎？

「～に住んでいます」

住在～

住在宿舍。

寮	に住んでいます。
りょう	す
ryo.u.	ni.su.n.de.i.ma.su.

單字輕鬆換：

パリの近く ちか pa.ri.no.chi.ka. ku.	巴黎附近	安いところ やす ya.su.i.to.ko.ro.	便宜的 地方
高級マンショ ン こうきゅう ko.u.kyu.u.ma. n.sho.n.	高級大廈	都内 とない to.na.i.	東京23 區內
中心街 ちゅうしんがい chu.u.shi.n.ga.i.	市中心		

句型說明：

　　「～に住んでいます」是「住在～」之意，「～」
用地名或住宅名稱。

5 生活經驗

●萬用會話●

Ⓐ どこに住んでいますか?

do.ko.ni./su.n.de./i.ma.su.ka.

你住哪裡呢?

B 大学の寮に住んでいます。

da.i.ga.ku.no./ryo.u.ni./su.n.de./i.ma.su.

我住在大學的宿舍。

●延伸會話句●

どこに住んでいますか?

do.ko.ni./su.n.de./i.ma.su.ka.

你住哪裡呢?

わたしは東京タワーのそばに住んでいます。

wa.ta.shi.wa./to.u.kyo.u./ta.wa.a.no./so.ba.ni./su.n.de./i.ma.su.

我住在東京鐵塔的旁邊(附近)。

半年間大阪に住んでいました。

ha.n.to.shi.ka.n./o.o.sa.ka.ni./su.n.de./i.ma.shi.ta.

曾在大阪住過半年。

この辺りに住んだことがあります。

ko.no./a.ta.ri.ni./su.n.da./ko.to.ga./a.ri.ma.su.

曾在這一帶住過。

「～ことができますか」

會～嗎

會開車嗎？

| 運転する
u.n.te.n.su.ru. | ことができますか？
ko.to.ga.de.ki.ma.su.ka. |

單字輕鬆換：

訳する ya.ku.su.ru.	翻譯	操作する so.u.sa.su.ru.	操作
1人で行く hi.to.ri.de.i.ku.	1個人去	料理を作る ryo.u.ri.o.tsu.ku.ru.	下廚
英語で話す e.i.go.de.ha.na.su.	用英語說	パソコンを直す pa.so.ko.n.o.na.o.su.	修電腦

句型說明：

「ことができます」是「會～」、「可以～」的意思。「動詞辭書形+ことができますか」即是問對方會不會做或是能不能辦到某件事。

⑤ 生活經驗

•萬用會話•

Ⓐ バスを運転<ruby>運転<rt>うんてん</rt></ruby>することができますか?

ba.su.o./u.n.te.n./su.ru./ko.to.ga./de.ki.ma.su.ka.

你會開巴士嗎?

B はい、できます。

ha.i./de.ki.ma.su.

會,我會開。

•延伸會話句•

スキーができますか?

su.ki.i.ga./de.ki.ma.su.ka.

你會滑雪嗎?

この<ruby>文<rt>ぶん</rt></ruby>を<ruby>訳<rt>やく</rt></ruby>すことはできるでしょうか?

ko.no./bu.n.o./ya.ku.su./ko.to.wa./de.ki.ru./de.sho.u.ka.

可以翻譯這個句子嗎?

<ruby>理解<rt>りかい</rt></ruby>することができます。

ri.ka.i.su.ru./ko.to.ga./de.ki.ma.su.

能夠理解。

<ruby>保証<rt>ほしょう</rt></ruby>はできない。

ho.sho.u.wa./de.ki.na.i.

無法保證。

114

「〜に興味がありますか」

對〜有興趣嗎

對舞蹈有興趣嗎？

ダンス	に興味がありますか？
da.n.su.	ni.kyo.u.mi.ga.a.ri.ma.su.ka.

單字輕鬆換：

政治 se.i.ji.	政治	歴史 re.ki.shi.	歴史
ファッション fa.ssho.n.	流行	ヨーロッパ yo.o.ro.ppa.	歐洲
この業界 ko.no.gyo.u. ka.i.	這個業界	どんなスポーツ do.n.na.su.po.o. tsu.	什麼運動

句型說明：

「興味」是「興趣」的意思，「興味があります」
是「有興趣」的意思。也可以說「興味を持って
います」。

⑤ 生活經驗

245

• 萬用會話 •

A ダンスに興味_{きょうみ}がありますか?

da.n.su.ni./kyo.u.mi.ga./a.ri.ma.su.ka.

你對舞蹈有興趣嗎?

B はい。社交_{しゃこう}ダンスを2年_{にねんなら}習っていました。

ha.i./sha.ko.u.da.n.su.o./ni.ne.n./na.ra.tte./i.ma.shi.
ta.

有的,我學過2年國標舞。

• 延伸會話句 •

読書_{どくしょ}にはあまり興味_{きょうみ}がありません。

do.ku.sho./ni.wa./a.ma.ri./kyo.u.mi.ga./a.ri.ma.se.
n.

對閱讀沒什麼興趣。

環境問題_{かんきょうもんだい}に関心_{かんしん}があります。

ka.n.kyo.u.mo.n.da.i.ni./ka.n.shi.n.ga./a.ri.ma.su.

關心環保議題。

ダイエット食_{しょく}が気_きになります。

da.i.e.tto.sho.ku.ga./ki.ni.na.ri.ma.su.

對減肥食品很注意。

自然_{しぜん}のことをもっと知_しりたい。

shi.ze.n.no./ko.to.o./mo.tto./shi.ri.ta.i.

想更了解大自然。

115

「趣味は〜です」

嗜好是〜

嗜好是看電影。

趣味は | 映画鑑賞 | です。

shu.mi.wa.   e.i.ga.ka.n.sho.u.   de.su.

單字輕鬆換：

漫画 ma.n.ga.	漫畫	剣道 ke.n.do.u.	劍道
英会話 e.i.ka.i.wa.	英語會話	バイク ba.i.ku.	機車
泳ぐこと o.yo.gu.ko.to.	游泳	海外旅行 ka.i.ga.i.ryo.ko.u.	出國旅行

句型說明：

「趣味」和「興味」中文都可以翻成「興趣」。
「興味」的意思偏向於「對某件事有興趣」，而
「趣味」是「嗜好」的意思，用於平常熱衷的事
情。也可以說「〜に夢中です」、「〜にはまっ
ています」。

⑤ 生活經驗

・萬用會話・

Ⓐ 何か趣味はありますか？
<ruby>何<rt>なに</rt></ruby>か<ruby>趣味<rt>しゅみ</rt></ruby>はありますか？

na.ni.ka./shu.mi.wa./a.ri.ma.su.ka.

你有什麼嗜好嗎？

B わたしの趣味は映画鑑賞です。
わたしの<ruby>趣味<rt>しゅみ</rt></ruby>は<ruby>映画鑑賞<rt>えいがかんしょう</rt></ruby>です。

wa.ta.shi.no./shu.mi.wa./e.i.ga.ka.n.sho.u./de.su.

我的嗜好是看電影。

・延伸會話句・

ご趣味は何ですか？
ご<ruby>趣味<rt>しゅみ</rt></ruby>は<ruby>何<rt>なん</rt></ruby>ですか？

go.shu.mi.wa./na.n./de.su.ka.

你有什麼嗜好？

手芸に夢中です。
<ruby>手芸<rt>しゅげい</rt></ruby>に<ruby>夢中<rt>むちゅう</rt></ruby>です。

shu.ge.i.ni./mu.chu.u./de.su.

熱衷手工藝。

ゲームにハマっている。

ge.e.mu.ni./ha.ma.tte./i.ru.

迷上電玩。

最近の趣味はウォーキングです。
<ruby>最近<rt>さいきん</rt></ruby>の<ruby>趣味<rt>しゅみ</rt></ruby>はウォーキングです。

sa.i.ki.n.no./shu.mi.wa./wo.o.ki.n.gu./de.su.

最近的興趣是健走。

MP3 116

「もう～ましたか」

已經～了嗎

已經習慣了嗎？

もう | 慣れました | か？

mo.u. na.re.ma.shi.ta. ka.

↓

單字輕鬆換：

試しました 試了 ta.me.shi.ma. shi.ta.	決めました 決定了 ki.me.ma.shi.ta.
行かれました 去了 i.ka.re.ma.shi. ta.	よくなりました 好轉 yo.ku.na.ri.ma. shi.ta.
チェックしま 檢查了 した che.kku.shi. ma.shi.ta.	召し上がりまし 享用了 た me.shi.a.ga.ri.ma. shi.ta.

句型說明：

「もう」是「已經」的意思，故後面接過去式。

「もう～ましたか」是「已經～了嗎」之意，用
於問對方是不是已經做了某件事。

249

⑤
生活經驗

●萬用會話●

A 新しい会社には、もう慣れましたか？

a.ta.ra.shi.i./ka.i.sha./ni.wa./mo.u./na.re.ma.shi.ta. ka.

習慣新公司了嗎？

B はい、おかげさまで。

ha.i./o.ka.ge.sa.ma.de.

是的，託您的福。

●延伸會話句●

もう読みましたか？

mo.u./yo.mi.ma.shi.ta.ka.

已經讀過了嗎？

目標はもう立てました。

mo.ku.hyo.u.wa./mo.u./ta.te.ma.shi.ta.ka.

已經確立目標了。

彼はもう帰ってきました。

ka.re.wa./mo.u./ka.e.tte./ki.ma.shi.ta.

他已經回來了。

もう終わったんですか？

mo.u./o.wa.tta.n./de.su.ka.

已經結束了嗎？

「まだ〜ていません」

還沒〜

還沒決定。

まだ 決まって いIn ません。
ma.da. ki.ma.tte. i.ma.se.n.

單字輕鬆換:

成功して se.i.ko.u.shi.te.	成功	出発して shu.ppa.tsu.shi.te.	出發
公表して ko.u.hyo.u.shi.te.	公開	支払って shi.ha.ra.tte.	支付
知られて shi.ra.re.te.	被知道	食べ終わって ta.be.o.wa.tte.	吃完

句型說明:

「まだ」是「還沒」的意思;前面學到「もう〜ましたか」是問「已經〜了嗎」。若是要回答還沒做的話,則用「まだ〜ていません」表示尚未進行的狀態。

⑤ 生活經驗

•萬用會話•

Ⓐ 何を購入するか決めましたか?

na.ni.o./ko.u.nyu.u.su.ru.ka./ki.ma.ri.ma.shi.ta.ka.

你決定好要買什麼了嗎?

B いいえ、まだ決っていません。

i.i.e./ma.da./ki.ma.tte./i.ma.se.n.

不，還沒決定好。

•延伸會話句•

その商品はまだ発送されていません。

so.no./sho.u.hi.n.wa./ma.da./ha.sso.u./sa.re.te./i.
ma.se.n.

那項商品還沒寄送出去。

このアカウントはまだ承認されていません。

ko.no./a.ka.u.n.to.wa./ma.da./sho.u.ni.n./sa.re.te./i.
ma.se.n.

這個帳號還沒通過認證。

ソフトはまだインストールされていません。

so.fu.to.wa./ma.da./i.n.su.to.o.ru./sa.re.te./i.ma.se.
n.

軟體還沒安裝。

夫はまだ退職していません。

o.tto.wa./ma.da./ta.i.sho.ku./shi.te./i.ma.se.n.

外子(我老公)還沒退休。

118

「～が上手ですね」

很會～呢

英語很好呢。

が上手ですね。

e.i.go.　　ga. jo.u.zu.de.su.ne.

單字輕鬆換：

字 ji.	寫字／字	芝居 shi.ba.i.	演戲
作るの tsu.ku.ru.no.	製作	買い物 ka.i.mo.no.	買東西
サッカー sa.kka.a.	足球	バイオリン ba.i.o.ri.n.	小提琴

句型說明：

「～が上手ですね」是稱讚對方很厲害的意思，
「上手」也可以說「うまい」。若是要說自己擅
長的事，則是說「～が得意です」或「～のが
得意です」。

❺ 生活經驗

•萬用會話•

Ⓐ 英語が上手ですね。

e.i.go.ga./jo.u.zu./de.su.ne.

你的英語真好。

B いえいえ、そんなことありません。

i.e.i.e./so.n.na./ko.to./a.ri.ma.se.n.

哪兒的話，才沒這回事。

•延伸會話句•

いや～お世辞が上手ですね。

i.ya./o.se.ji.ga./jo.u.zu./de.su.ne.

唉呀，你可真會説恭維的話。

箸の使い方がうまいですね。

ha.shi.no./tsu.ka.i.ka.ta.ga./u.ma.i./de.su.ne.

真會用筷子呢。

わたしは営業が得意です。

wa.ta.shi.wa./e.i.gyo.u.ga./to.ku.i./de.su.

我擅長業務。

先生は他人の話を聞くことが上手です。

se.n.se.i.wa./ta.ni.n.no./ha.na.shi.o./ki.ku./ko.to.ga./
jo.u.zu./de.su.

老師很擅長傾聽別人説話。

119

「～が下手です」

不擅長～

不擅長畫畫。

絵	が下手です。
e.	ga.he.ta.de.su.

單字輕鬆換：

運転	駕駛	説明	說明
u.n.te.n.		se.tsu.me.i.	
編集	編輯	歌うの	唱歌
he.n.shu.u.		u.ta.u.no.	
片付け	收拾	人づきあい	人際關係
ka.ta.zu.ke.		hi.to.zu.ki.a.i.	

句型說明：

「～が下手です」是不擅長的意思。也可以說「～があまり得意ではありません」或是「～が苦手です」。

⑤ 生活經驗

●萬用會話●

Ⓐ アートが大好きなんですけど、わたしは
本当は絵が下手なんです。

a.a.to.ga./da.i.su.ki./na.n./de.su.ke.do./wa.ta.shi.
wa./ho.n.to.u.wa./e.ga./he.ta./na.n.de.su.

我很喜歡藝術，但其實非常不擅長畫畫。

Ⓑ そんなことないですよ。

so.n.na./ko.to./na.i./de.su.yo.

不會啦。

●延伸會話句●

手先が不器用です。

te.sa.ki.ga./bu.ki.yo.u./de.su.

手很拙。

お酒に弱いです。

o.sa.ke.ni./yo.wa.i./de.su.

酒量很差。

機械はまったくダメです。

ki.ka.i.wa./ma.tta.ku./da.me./de.su.

對機械一竅不通。

暗記は苦手です。

a.n.ki.wa./ni.ga.te./de.su.

不擅長背東西。

「彼女は〜ですか」

她是〜嗎

她是模特兒嗎?

彼女は　| モデル |　ですか?

ka.no.jo.wa.　mo.de.ru.　de.su.ka.

單字輕鬆換:

政治家 se.i.ji.ka.	政治家	看護師 ka.n.go.shi.	護士
田中先生 ta.na.ka.se.n. se.i.	田中老師	ピアニスト pi.a.ni.su.to.	鋼琴家
パイロット pa.i.ro.tto.	機師	スポーツ選手 su.po.o.tsu.se.n. shu.	運動員

句型說明:

「〜ですか」是問「是〜嗎」。如果是就說「は
い、そうです」,不是就說「いいえ、そうでは
ありません」。

5
生活經驗

•萬用會話•

Ⓐ 彼女はモデルですか？

ka.no.jo.wa./me.de.ru./de.su.ka.

她是模特兒嗎？

B いいえ、違います。

i.i.e./chi.ga.i.ma.su.

不，她不是。

•延伸會話句•

あなたも学生ですか？

a.na.ta.mo./ga.ku.se.i./de.su.ka.

你也是學生嗎？

あの方は社長ですか？

a.no./ka.ta.wa./sha.cho.u./de.su.ka.

那位是社長嗎？

彼女は独身ですか？

ka.no.jo.wa./do.ku.shi.n./de.su.ka.

她單身嗎？

彼は台湾人なの？

ka.re.wa./ta.i.wa.n.ji.n./na.no.

他是台灣人嗎？

「彼は～ではありません」

他不是～

他不是記者

彼は　　記者　　ではありません。

ka.re.wa.　ki.sha.　de.wa.a.ri.ma.se.n.

單字輕鬆換:

主婦 shu.fu.	家庭主婦	専門家 se.n.mo.n.ka.	專家
日本人 ni.ho.n.ji.n.	日本人	大学生 da.i.ga.ku.se.i.	大學生
ここの人 ko.ko.no.hi.to.	這裡的人	大阪出身 o.o.sa.ka.shu.sshi.n.	來自大阪

句型說明:

「～です」是「是～」之意，而「～ではありません」則是否定之意。也可以說「～じゃありません」、「～ではないです」、「～じゃないです」。

⑤ 生活經驗

259

●**萬用會話**●

Ⓐ 彼は記者ですか?

ka.re.wa./ki.sha./de.su.ka.

他是記者嗎?

B いいえ、彼は記者ではありません。

i.i.e./ka.re.wa./ki.sha./de.wa./a.ri.ma.se.n.

不,他不是記者。

●**延伸會話句**●

彼は美容師ではないです。

ka.re.wa./bi.yo.u.shi./de.wa./na.i./de.su.

他不是髮型設計師。

彼女はお金持ちじゃないです。

ka.no.jo.wa./o.ka.ne.mo.chi./ja.na.i./de.su.

她不是有錢人。

母は主婦じゃなくて弁護士です。

ha.ha.wa./shu.fu./ja.na.ku.te./be.n.go.shi./de.su.

家母不是家庭主婦而是律師。

わたしは警察ではありません。警備員です。

wa.ta.shi.wa./ke.i.sa.tsu./de.wa./a.ri.ma.se.n./ke.i.
bi.i.n./de.su.

我不是警察,是警衛。

「～ので」

因為～

因為累了。

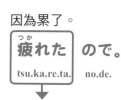

疲れた のので。
tsu.ka.re.ta. no.de.

單字輕鬆換:

寒い sa.mu.i.	很冷	暇な hi.ma.na.	很閒
終わった o.wa.tta.	結束	ひどい雨な hi.do.i.a.me.na.	大雨
用事がある yo.u.ji.ga.a.ru.	有事	けがをしている ke.ga.o.shi.te.i.ru.	受傷

句型說明:

「～ので」是表示原因,也可以說「～から」;
而「～ので」比「～から」正式。

5 生活經驗

•萬用會話•

A もう疲れたので寝ます。おやすみなさい。

mo.u./tsu.ka.re.ta.no.de./ne.ma.su./o.ya.su.mi.na.sa.i.

因為累了我要去睡覺。晚安。

B お疲れ様でした。おやすみなさい。

o.tsu.ka.re.sa.ma./de.shi.ta./o.ya.su.mi.na.sa.i.

辛苦了。晚安。

•延伸會話句•

暑いから暖房を消して。

a.tsu.i./ka.ra./da.n.bo.u.o./ke.shi.te.

很熱所以把暖氣關掉吧。

風邪ですからバイトを休みなさい。

ka.ze./de.su.ka.ra./ba.i.to.o./ya.su.mi.na.sa.i.

因為你感冒了，所以打工就別去了。

今日の試合は台風で中止になりました。

kyo.u.no./shi.a.i.wa./ta.i.fu.u.de./chu.u.shi.ni./na.ri.ma.shi.ta.

今天的比賽因為颱風取消了。

彼は仕事でアメリカへ行きました。

ka.re.wa./shi.go.to.de./a.me.ri.ka.e./i.ki.ma.shi.ta.

他為了工作去了美國。

「～のために」

為了～

為了健康。

健康 のために。
ke.n.ko.u.　no.ta.me.ni.

單字輕鬆換：

未来 mi.ra.i.	未來	平和 he.i.wa.	和平
家族 ka.zo.ku.	家人	環境 ka.n.kyo.u.	環境
留学 ryu.u.ga.ku.	留學	ダイエット da.i.e.tto.	減肥

句型說明：

　　「～のために」是「為了～」之意，用來表達做某件事的目的。

5
生活經驗

•萬用會話•

Ⓐ 休みの日は何をしていますか?

ya.su.mi.no./hi.wa./na.ni.o./shi.te./i.ma.su.ka.

休假都做些什麼呢？

B 健康のために運動しています。

ke.n.ko.u.no./ta.me.ni./u.n.do.u./shi.te./i.ma.su.

為了健康都會做運動。

•延伸會話句•

修士を取得するために学校に戻りました。

shu.u.shi.o./shu.to.ku./su.ru./ta.me.ni./ga.kko.u.ni./
mo.do.ri.ma.shi.ta.

為了取得碩士重回校園。

痩せるためにジョギングしています。

ya.se.ru./ta.me.ni./jo.gi.n.gu./shi.te./i.ma.su.

為了瘦身而在慢跑。

合格するために頑張っています。

go.u.ka.ku./su.ru./ta.me.ni./ga.n.ba.tte./i.ma.su.

為了考上(及格)而努力著。

彼女に会うためにここに来た。

ka.no.jo.ni./a.u./ta.me.ni./ko.ko.ni./ki.ta.

為了見她而來這裡。

「〜なりました」

變成〜

變得比較好了。

よく なりました。

yo.ku. na.ri.ma.shi.ta.

單字輕鬆換：

眠く ne.mu.ku.	想睡	痛く i.ta.ku.	痛
話題に wa.da.i.ni.	成為話題	有名に yu.u.me.i.ni.	變有名
病気に byo.u.ki.ni.	生病	食べたく ta.be.ta.ku.	想吃

句型說明：

「なります」是「變成」的意思，過去式「〜な
りました」是用來說明狀態的變化。

•萬用會話•

Ⓐ 具合はどうですか?

gu.a.i.wa./do.u./de.su.ka.

身體感覺怎麼樣?

B よくなりました。心配してくれてありがとう。

yo.ku./na.ri.ma.shi.ta./shi.n.pa.i.shi.te./ku.re.te./a.ri.ga.to.u.

好多了。謝謝你為我擔心。

•延伸會話句•

どうしてそうなったの?

do.u.shi.te./so.u./na.tta.no.

怎麼會變那樣?

将来は歯医者になりたいです。

sho.u.ra.i.wa./ha.i.sha.ni./na.ri.ta.i./de.su.

將來想當牙醫。

日本語が話せるようになった。

ni.ho.n.go.ga./ha.na.se.ru./yo.u.ni./na.tta.

變得會説日語了。

彼女は刺し身が大好きになった。

ka.no.jo.wa./sa.shi.mi.ga./da.i.su.ki.ni./na.tta.

她變得喜歡生魚片了。

趣味？興味？

「趣味」和「興味」的中文都可以翻成「興趣」，但是意思和使用方式其實不太相同，簡單來說：

「趣味」：嗜好。

「興味」：對某件事情感到有興趣。

我們可以從以下的例句來了解它們用法的差別。

Ⓐ 趣味は何ですか?

你們的嗜好是什麼？

B ゲームってわたしの趣味と言えるかな。

打電動可以算是我的興趣(嗜好)吧！

Ⓐ 趣味ってほどではありませんが、ゴルフに興味があります。

還稱不上是嗜好，但對高爾夫有興趣。

Ⓐ ね、何か面白い番組ある?

有什麼有趣的節目嗎？

B 「世界不思議発見」って番組があるけど。

有一個叫做「世界奇妙探險」的節目。

Ⓐ 興味ないね。面白い映画とかドラマがないの?

沒什麼興趣耶，有沒有有趣的電影或是連續劇呢？

6

事物狀態

125

「この辺に〜はありますか」

這一帶有〜嗎

這一帶有銀行嗎？

この辺に 銀行 はありますか?

ko.no.he.n.ni.　gi.n.ko.u.　wa.a.ri.ma.su.ka.

單字輕鬆換：

ポスト po.su.to.	郵筒	スーパー su.u.pa.a.	超市
コンビニ ko.n.bi.ni.	超商	デパート de.pa.a.to.	百貨公司
ドラッグストア do.ra.ggu.su.to.a.	藥妝店	ガソリンスタンド ga.so.ri.n.su.ta.n.do.	加油站

句型說明：

「この辺」是「這一帶」之意；「あります」是
「有」的意思。故「この辺に〜はありますか」
是問「這一帶有〜嗎」。

6 事物狀態

・萬用會話・

Ⓐ すみません、この辺に銀行はありますか?

su.mi.ma.se.n./ko.no./he.n.ni./gi.n.ko.u.wa./a.ri.ma.su.ka.

不好意思,請問這一帶有銀行嗎?

Ⓑ はい、この道をまっすぐ進んだら左側にあります。

ha.i./ko.no./mi.chi.o./ma.ssu.gu./su.su.n.da.ra./hi.da.ri.ga.wa.i.ni./a.ri.ma.su.

有的,沿這條路直走就在左邊。

・延伸會話句・

この町に教会はありませんか?

ko.no./ma.chi.ni./kyo.u.ka.i.wa./a.ri.ma.se.n.ka.

這城市有教會嗎?

この近くに郵便局はありますか?

ko.no./chi.ka.ku.ni./yu.u.bi.n.kyo.ku.wa./a.ri.ma.su.ka.

這附近有郵局嗎?

部屋に加湿器はありますか?

he.ya.ni./ka.shi.tsu.ki.wa./a.ri.ma.su.ka.

房間裡有加濕器嗎?

車内に充電できるコンセントがあります。

sha.na.i.ni./ju.u.de.n./de.ki.ru./ko.n.se.n.to.ga./a.ri.ma.su.

車子裡有充電插座。

126

「〜しかありません」

只有〜

只有 3 天。

3日
mi.kka.

しかありません。
shi.ka.a.ri.ma.se.n.

單字輕鬆換：

はんとし 半年 ha.n.to.shi.	半年	ふたえき 2駅 fu.ta.e.ki.	2 站
いち 1キロ i.chi.ki.ro.	1公里/公 斤	こ 2個 ni.ko.	2 個
ろくじょう 6畳 ro.ku.jo.u.	6畳(3 坪)	いちまんえん 1万円 i.chi.ma.n.e.n.	1 萬日圓

句型說明：

「〜しか」是「只〜」的意思，後面的動詞要用
否定形。故「〜しかありません」就是「只有〜」
之意。

6
事物狀態

萬用會話

A これ、金曜日までに完成してください。

ko.re./ki.n.yo.u.bi./ma.de.ni./ka.n.se.i./shi.te./ku.da.sa.i.

這個，星期五前完成。

B 金曜日ですか?3日しかありませんよ。

ki.n.yo.u.bi./de.su.ka./mi.kka./shi.ka./a.ri.ma.se.n.yo.

星期五嗎？只剩3天了耶。

延伸會話句

次の駅までは我慢するしかない。

tsu.gi.no./e.ki./ma.de.wa./ga.ma.n./su.ru./shi.ka./na.i.

只能忍到下一站。

罰金を払うしかない。

ba.kki.n.no./ha.ra.u./shi.ka./na.i.

只好付罰款。

家族のために頑張るしかない。

ka.zo.ku.no./ta.me.ni./ga.n.ba.ru./shi.ka./na.i.

為了家人只能努力。

冷蔵庫にあるものは牛乳しかない。

re.i.zo.u.ko.ni./a.ru./mo.no.wa./gyu.u.nyu.u./shi.ka./na.i.

冰箱裡只有牛奶。

127

「～すぎちゃった」

太過～了

吃太飽了。

食べ すぎちゃった。
ta.be.　su.gi.cha.tta.

單字輕鬆換：

飲み no.mi.	喝	切り ki.ri.	剪
増え fu.e.	增加	興奮し ko.u.fu.n.shi.	興奮
はしゃぎ ha.sha.gi.	喧鬧	塩を入れ shi.o.o.i.re.	加鹽

句型說明：

「～すぎちゃった」是「～すぎてしまった」的
簡縮說法。「～すぎる」是「太～」的意思，如
「食べ過ぎる」就是吃太多、太飽的意思。類似
的句型還有「～すぎです」。

6 事物狀態

●萬用會話●

A ああ、お腹がいっぱい。

a.a./o.na.ka.ga./i.ppa.i.

啊～好飽喔。

B ほんと、わたしも食べ過ぎちゃった。

ho.n.to./wa.ta.shi.mo./ta.be.su.gi.cha.tta.

真的，我也吃太飽了。

●延伸會話句●

この国には交通標識が多すぎます。

ko.no./ku.ni./ni.wa./ko.u.tsu.u.hyo.u.shi.ki.ga./o.o.
su.gi.ma.su.

這個國家的交通號誌太多了。

これは辛すぎです。

ko.re.wa./ka.ra.su.gi./de.su.

這個太辣了。

今日のステーキは焼き過ぎだね。

kyo.u.no./su.te.e.ki.wa./ya.ki.su.gi./da.ne.

今天牛排烤太熟了。

あなたは働き過ぎじゃない?

a.na.ta.wa./ha.ta.ra.ki.su.gi./ja.na.i.

你是不是工作過度了？

128

「～でしょう」

大概～吧

大概不會下雨吧。

降らない でしょう。
fu.ra.na.i.　　de.sho.u.

單字輕鬆換：

お疲れ o.tsu.ka.re.	累了	初めて ha.ji.me.te.	第一次
そうなる so.u.na.ru.	變這樣	勝った ka.tta.	贏了
行かない i.ka.na.i.	不去	大丈夫 da.i.jo.u.bu.	沒問題

句型說明：

「～でしょう」是推測的口吻，表示「大概～吧」
的意思。用於說明個人判斷和推測。

6 事物狀態

●萬用會話

A 今は名古屋ですか?天気は大丈夫ですかね?

i.ma.wa./na.go.ya./de.su.ka./te.n.ki.wa./da.i.jo.u.bu./de.su.ka.ne.

現在在名古屋嗎？天氣還好嗎？

B ええ、ちょっと曇ってるけど雨は降らないでしょう。

e.e./cho.tto./ku.mo.tte.ru./ke.do./a.me.wa./fu.ra.na.i./de.sho.u.

嗯，雖然有點多雲，但大概不會下雨吧。

●延伸會話句

今夜は雨が降るだろう。

ko.n.ya.wa./a.me.ga./fu.ru./da.ro.u.

今晚大概會下雨吧。

あの人は多分山田さんでしょう。

a.no.hi.to.wa./ta.bu.n./ya.ma.da.sa.n./de.sho.u.

那個人大概是山田先生吧。

明日の試合では、ジャイアンツが勝つでしょう。

a.shi.ta.no./shi.a.i./de.wa./ja.i.a.n.tsu.ga./ka.tsu./de.sho.u.

明天的比賽，巨人應該會贏吧。

「～かもしれません」

說不定～

說不定很好。

いい
i.i.

かもしれません。
ka.mo.shi.re.ma.se.n.

單字輕鬆換：

違う chi.ga.u.	不對	留守 ru.su.	不在家
引越す hi.kko.su.	搬家	外にいる so.to.ni.i.ru.	在外面
彼じゃない ka.re.ja.na.i.	不是他	小さすぎる chi.i.sa.su.gi.ru.	太小

句型說明：

「～かもしれません」是「說不定～」的意思，用於不確定事情的情況，加以推測。非正式場合可用普通形「～かもしれない」、或說「～かも」。

6
事物狀態

•萬用會話•

A 来週忙しくなりそうですね。

ra.i.shu.u./i.so.ga.shi.ku./na.ri.so.u./de.su.ne.

下週好像會變得很忙耶。

B ええ、キャンプに行くのは来月のほうがいい
かもしれません。

e.e./kya.n.pu.ni./i.ku.no.wa./ra.i.ge.tsu.no./ho.u.ga./
i.i./ka.mo./shi.re.ma.se.n.

是啊，露營說不定改到下個月比較好。

•延伸會話句•

そうかもしれないけど、わたしの問題じゃない
よ。

so.u./ka.mo./shi.re.na.i./ke.do./wa.ta.shi.no./mo.n.
da.i./ja.na.i.yo.

說不定是這樣，但不是我的問題喔。

10分くらい遅れるかも。

ji.ppu.n./ku.ra.i./o.ku.re.ru./ka.mo.

可能會遲到10分鐘。

相手に少し迷惑をかけてしまったかも。

a.i.te.ni./su.ko.shi./me.i.wa.ku.o./ka.ke.te./shi.ma.
tta./ka.mo.

可能造成了對方一些困擾。

130

「～そう」

好像很～

好像很好吃。

おいし そう。
o.i.shi. so.u.

單字輕鬆換：

暑 a.tsu.	熱	あり a.ri.	有
寂し sa.bi.shi.	寂寞	死に shi.ni.	死
楽し ta.no.shi.	開心	面白 o.mo.shi.ro.	有趣

句型說明：

　　「～そう」是「看起來～」的意思，用來表達事物看起來的感受，類似的句型還有「～のようです」。

6
事物狀態

●萬用會話●

Ⓐ さあ、召し上がれ。

sa.a./me.shi.a.ga.re.

來吧，請享用。

B わあ、どれもおいしそう!

wa.a./do.re.mo./o.i.shi.so.u.

哇，每道看起來都很好吃。

●延伸會話句●

楽しくなさそう。

ta.no.shi.ku.na.sa.so.u.

好像不太有趣。

田中さんは独身のようです。

ta.na.ka./sa.n.wa./do.ku.shi.n.no./yo.u./de.su.

田中先生好像是單身。

もう雨は降らなさそうだから散歩に行こう。

mo.u./a.me.wa./fu.ra.na.na.sa.so.u./da.ka.ra./sa.n.
po.ni./i.ko.u.

好像不會下雨了，我們去散步吧。

もう、暑くて死にそう。

mo.u./a.tsu.ku.te./shi.ni./so.u.

受不了，熱得要死。

131

「〜やすいです」

容易〜

容易感冒。

風邪を引き	やすいです。
ka.ze.o.hi.ki.	ya.su.i.de.su.

單字輕鬆換：

使い tsu.ka.i.	使用	疲れ tsu.ka.re.	累
読み yo.mi.	讀	分かり wa.ka.ri.	理解
仕事し shi.go.to.shi.	工作	壊れ ko.wa.re.	壞掉

句型說明：

「〜やすいです」是「容易〜」之意。「〜」的
部分是用動詞ます形。

❻ 事物狀態

・萬用會話・

Ⓐ あなたは風邪を引きやすいですか?

a.na.ta.wa./ka.ze.o./hi.ki.ya.su.i./de.su.ka.

你容易感冒嗎?

B いいえ。

i.i.e.

不會。

・延伸會話句・

あの曲はメロディが覚えやすいですね。

a.no./kyo.ku.wa./me.ro.di.ga./o.bo.e./ya.su.i./de.su.
ne.

那首歌的旋律很好記呢。

彼女は優しい人なので、話しやすいです。

ka.no.jo.wa./ya.sa.shi.i./hi.to./na.no.de./ha.na.shi./
ya.su.i./de.su.

她是很溫和的人,所以很容易溝通。

最近は天気がすごく変わりやすい。

sa.i.ki.n.wa./te.n.ki.ga./su.go.ku./ka.wa.ri./ya.su.i.

最近的天氣很多變。

日本は旅行しやすい国です。

ni.ho.n.wa./ryo.ko.u./shi.ya.su.i./ku.ni./de.su.

日本是很適合旅行的國家。

132

「～にくいです」

難以～

難以看清。

見 にくいです。

mi. ni.ku.i.de.su.

單字輕鬆換：

履き ha.ki.	穿	歩き a.ru.ki.	走
治り na.o.ri.	治好	聞こえ ki.ko.e.	聽見
発音し ha.tsu.o.n.shi.	發音	言い出し i.i.da.shi.	說出口

句型說明：

「～にくいです」是「難以～」之意，也可說「～
づらいです」，和「～やすいです」的意思相反。
「～」置入動詞ます形。

•萬用會話•

Ⓐ ちょっと見にくいですが、白い小さな花が
見えますか?

cho.tto./mi.ni./ku.i./de.su.ga./shi.ro.i./chi.i.sa.na./
ha.na.ga./mi.e.ma.su.ka.

有點難以看清,但你看得到有白色小花嗎?

B ええ、とてもかわいらしいです。

e.e./to.te.mo./ka.wa.i.ra.shi.i./de.su.

嗯,很可愛。

•延伸會話句•

このような質問には答えづらいです。

ko.no./yo.u.na./shi.tsu.mo.n./ni.wa./ko.ta.e.zu.ra.i./
de.su.

這種問題實在難以回答。

説明が分かりにくくて申し訳ありません。

se.tsu.me.i.ga./wa.ka.ri.ni./ku.ku.te./mo.u.shi.wa.
ke./a.ri.ma.se.n.

很抱歉我的説明讓人不好理解。

入手しにくいチケットですので、平日の方が
取りやすいです。

nyu.u.shu./shi.ni./ku.i./chi.ke.tto./de.su./no.de./he.i.
ji.tsu.no./ho.u.ga./to.ri./ya.su.i./de.su.

因為是不好入手的票,平日的票比較容易買到。

133

「〜をなくしました」

弄丟了〜

弄丟了錢包。

財布 をなくしました。
sa.i.fu.　　o.na.ku.shi.ma.shi.ta.

單字輕鬆換：

ゆびわ yu.bi.wa.	戒指	携帯 ke.i.ta.i.	手機
通帳 tsu.u.cho.u.	存摺	免許証 me.n.kyo.sho.u.	執照
借りた本 ka.ri.ta.ho.n.	借來的書	パスポート pa.su.po.o.to.	護照

句型說明：

「〜をなくしました」是「弄丟〜」的意思，用於表示東西不見了的狀態。也可以說「〜を落としてしました」。

6 事物狀態

•萬用會話•

A 財布をなくしました。

sa.i.fu.o./na.ku.shi.ma.shi.ta.

我把錢包弄丟了。

B どんな財布ですか?

do.n.na./sa.i.fu./de.su.ka.

是什麼樣的錢包呢?

•延伸會話句•

財布を落としてしまいました。

sa.i.fu.o./o.to.shi.te./shi.ma.i.ma.shi.ta.

錢包丟了。

クレジットカードをなくしてしまった。

ku.re.ji.tto.ka.a.do./na.ku.shi.te./shi.ma.tta.

把信用卡搞丟了。

傘をバスの中に忘れてきてしまった。

ka.sa.o./ba.su.no./na.ka.ni./wa.su.re.te./ki.te./shi.ma.tta.

把傘忘在公車上。

大切な時計を落としてしまった。

ta.i.se.tsu.na./to.ke.i.o./o.to.shi.te./shi.ma.tta.

把重要的手錶弄丟了。

134

「～し～」

又～又～

又方便又便宜。

便利だ し安い。
be.n.ri.da. shi.ya.su.i.

：

軽い ka.ru.i.	輕	素敵だ su.te.ki.da.	很好
すごい su.go.i.	厲害	丈夫だ jo.u.bu.da.	堅固
きれいだ ki.re.i.da.	好看	使いやすい tsu.ka.i.ya.su.i.	好用

：

「～し～」是「又～又～」之意，類似的句型有
「も～し、～も～」。

•萬用會話•

Ⓐ 本当に通販好きだね。

ho.n.to.u.ni./tsu.u.ha.n.zu.ki./da.ne.

你真的很喜歡網購呢。

B うん、便利だし安いから。

u.n./be.n.ri./da.shi./ya.su.i./ka.ra.

對啊，因為又方便又便宜。

•延伸會話句•

歩きスマホは本当に危ないし迷惑ですね。

a.ru.ki./su.ma.ho.wa./ho.n.to.u.ni./a.bu.na.i.shi./
me.i.wa.ku./de.su.ne.

邊走邊玩手機真的又危險又造成別人困擾。

今日は出かけたくない、雨だし寒いです。

kyo.u.wa./de.ka.ke.ta.ku.na.i./a.me.da.shi./sa.mu.i.
de.su.

今天不想出門，因為又下雨又冷。

先生の授業はとても分かりやすいし楽しい。

se.n.se.i.no./ju.gyo.u.wa./to.te.mo./wa.ka.ri./ya.su.i.
shi./ta.no.shi.i.

老師的課很容易懂又很開心。

「〜が痛いです」

～痛

膝蓋痛。

ひざ が痛いです。
hi.za.　　ga.i.ta.i.de.su.

單字輕鬆換：

目 me.	眼睛	腕 u.de.	手臂
歯 ha.	牙齒	胃 i.	胃
肩 ka.ta.	肩膀	のど no.do.	喉嚨

句型說明：

「痛いです」是「痛」的意思，「〜が痛いです」
是指某個部位疼痛，可以用來具體或抽象的疼痛。

6
事物狀態

289

•萬用會話•

Ⓐ どこが痛みますか?

do.ko.ka./i.ta.mi.ma.su.ka.

哪裡痛嗎?

B 昨日からひざが痛いです。

ki.no.u./ka.ra./hi.za.ga./i.ta.i./de.su.

膝蓋從昨天就開始痛。

•延伸會話句•

頭痛がします。

zu.tsu.u.ga./shi.ma.su.

頭痛。

最近、首が痛いな、姿勢を正さないと。

sa.i.ki.n./ku.bi.ga./i.ta.i.na./shi.se.i.o./ta.da.sa.na.i.
to.

覺最近脖子真痛,要保持良好姿勢才行

お腹が痛くて痛くて息もできない。

o.na.ka.ga./i.ta.ku.te./i.ta.ku.te./i.ki.mo./de.ki.na.i.

肚子很痛,痛得無法呼吸。

腰が痛くて座っていられない。

ko.shi.ga./i.ta.ku.te./su.wa.tte./i.ra.re.na.i.

腰痛得坐不住。

136

「～を持っていますか」

有～嗎

有帳號嗎？

アカウント	を持っていますか？
a.ka.u.n.to.	o.mo.tte.i.ma.su.ka.

單字輕鬆換：

ペン pe.n.	筆	資格 shi.ka.ku.	證照/ 資格
権限 ke.n.ge.n.	權限	カメラ ka.me.ra.	照相機
教科書 kyo.u.ka.sho.	課本	運転免許 u.n.te.n.me.n.kyo.	駕照

句型說明：

「持ちます」是「拿」的意思，「持っています」
是「擁有」、「持有」之意。「～を持っていま
すか」是「有～嗎」，用於詢問對方是不是擁有
某樣東西。

6 事物狀態

●萬用會話●

Ⓐ インスタグラムのアカウントを持<small>も</small>っています
か?

i.n.su.ta.gu.ra.mu.no./a.ka.u.n.to.o./mo.tte./i.ma.
su.ka.

你有instagram的帳號嗎?

B いいえ、でもフェイスブックのアカウントは持<small>も</small>っ
ています。

i.i.e./de.mo./fe.i.su.bu.kku.no./a.ka.u.n.to.wa./mo.
tte./i.ma.su.

沒有,但我有facebook的帳號。

●延伸會話句●

ポイントカードをお持<small>も</small>ちでしょうか?

po.i.n.to.ka.a.do.o./o.mo.chi./de.sho.u.ka.

請問有集點卡嗎?

どんな夢<small>ゆめ</small>を持<small>も</small>っていますか?

do.n.na./yu.me.o./mo.tte./i.ma.su.ka.

有什麼夢想呢?

どんな車<small>くるま</small>を持<small>も</small>っていますか?

do.n.na./ku.ru.ma.o./mo.tte./i.ma.su.ka.

有什麼樣的車呢?

彼<small>かれ</small>は携帯<small>けいたい</small>を持<small>も</small>っていない。

ka.re.wa./ke.i.ta.i.o./mo.tte./i.na.i.

他沒有手機。

137

「～前に」
～之前

吃飯前要洗手。

食事の
sho.ku.ji.no.

前に手を洗いなさい。
ma.e.ni.te.o.a.ra.i.na.sa.i.

單字輕鬆換：

洗顔の se.n.ga.n.no.	洗臉	仕事する shi.go.to.su.ru.	工作
コンタクトレンズ を付ける ko.n.ta.ku.to.re.n.zu. o.tsu.ke.ru.	戴隱型 眼鏡	朝食の cho.u.sho.ku.no.	早餐
料理を作る ryo.u.ri.o.tsu.ku.ru.	下廚		

句型說明：

　　「～前に」是「在～之前」之意，「～」可以放名詞也可以放動詞，如果是動詞則要用動詞辭書形，表示動作尚未進行。

6 事物狀態

●萬用會話●

Ⓐ いただきます。

i.ta.da.ki.ma.su.

開動了。

B ちょっと、食事の前に手を洗いなさい。

cho.tto./sho.ku.ji.no./ma.e.ni./te.o./a.ra.i./na.sa.i.

等等，吃飯前先去洗手。

●延伸會話句●

帰国する前に、富士山へ行ってみたい。

ki.ko.ku./su.ru./ma.e.ni./fu.ji.sa.n.e./i.tte./mi.ta.i.

回國之前，想去富士山看看。

雨が降る前に、仕事を終わらせたい。

a.me.ga./fu.ru./ma.e.ni./shi.go.to.o./o.wa.ra.se.ta.i.

想在下雨之前把工作完成。

両親が到着する前に部屋の掃除を済ませた。

ryo.u.shi.n.ga./to.u.cha.ku./su.ru./ma.e.ni./he.ya.
no./so.u.ji.o./su.ma.se.ta.

在父母到之前把房間打掃好了。

出発する前に電話で予約の確認をした。

shu.ppa.tsu./su.ru./ma.e.ni./de.n.wa.de./yo.ya.ku.
no./ka.ku.ni.n.o./shi.ta.

出發前打電話確認了預約。

「～てから」

～之後

吃完飯之後去購物。

食事して | から買い物する。

sho.ku.ji.shi.te. | ka.ra.ka.i.mo.no.su.ru.

單字輕鬆換:

調べて. shi.ra.be.te	調查	考えて ka.n.ga.e.te.	思考
お茶して o.cha.shi.te.	喝個茶	お金を貯めて o.ka.ne.o.ta.me. te.	存錢
ドラマを見て do.ra.ma.o.mi. te.	看連續劇	授業が終わって ju.gyo.u.o.ga.wa. tte.	上完課

句型說明:

「～てから」是「～之後」的意思。類似的句型還有「～後で」。

事物狀態

295

•萬用會話•

Ⓐ 明日何がしたい?

a.shi.ta./na.ni.ga./shi.ta.i.

明天想做什麼?

B イオンで食事してから買い物するのはどう?

i.o.n.de./sho.ku.ji./shi.te./ka.ra./ka.i.mo.no./su.ru./
no.wa./do.u.

去AEON吃飯之後再購物怎麼樣?

•延伸會話句•

手を洗った後で薬を塗った。

te.o./a.ra.tta./a.to.de./ku.su.ri.o./nu.tta.

洗手之後塗了藥。

ネットでチケットを買ってから映画に行く。

ne.tto.de./chi.ke.tto.o./ka.tte./ka.ra./e.i.ga.ni./i.ku.

在網路上買了票之後再去看電影。

戸締まりしてから出かけた。

to.ji.ma.ri./shi.te./ka.ra./de.ka.ke.ta.

關好門窗後出門了。

友達と喧嘩してからずっと空気が悪いです。

to.mo.da.chi.to./ke.n.ka./shi.te./ka.ra./zu.tto./ku.u.
ki.ga./wa.ru.i./de.su.

和朋友吵架之後氣氛一直很差。

「〜に合います」

很適合〜

很適合配紅酒。

 に合います。

wa.i.n.　　　ni.a.i.ma.su.

單字輕鬆換:

料理 ryo.u.ri.	料理	着物 ki.mo.no.	和服
自分 ji.bu.n.	自己	条件 jo.u.ke.n.	條件
日本人 ni.ho.n.ji.n.	日本人	イメージ i.me.e.ji.	形象

句型說明:

　「合います」是「適合」、「符合」的意思。「〜に合います」是「和〜很合」、「和〜很搭」之意。

6 事物狀態

•萬用會話•

A このチーズ、おいしい。

ko.no./chi.i.zu./o.i.shi.i.

這個起士好好吃。

B そうですね。ワインに合いますね。

so.u./de.su.ne./wa.i.n.ni./a.i.ma.su.ne.

對啊,很適合拿來配紅酒呢。

•延伸會話句•

紺に合う色って何色なの?

ko.n.ni./a.u./i.ro.tte/na.ni.i.ro./na.no.

什麼顏色適合搭深藍色呢?

やっぱりこの髪型はスーツに合うね。

ya.ppa.ri./ko.no./ka.mi.ga.ta.wa./su.u.tsu.ni./a.u.ne.

這個髮型果然適合西裝呢。

この仕事のほうがわたしの性格に合います。

ko.no./shi.go.to.no./ho.u.ga./wa.ta.shi.no./se.i.ka.ku.ni./a.i.ma.su.

這個工作比較符合我的個性。

日本料理は本当に台湾人の口に合いますね。

ni.ho.n.ryo.u.ri.wa./ho.n.to.u.ni./ta.i.wa.n.ji.n.no./ku.chi.ni./a.i.ma.su.ne.

日本料理真的很對台灣人的口味呢。

140

「～からです」

從～開始

從 3 點開始。

3時
sa.n.ji.

からです。
ka.ra.de.su.

單字輕鬆換：

8月 ha.chi.ga.tsu.	8月	今日 kyo.u.	今天
図書館 to.sho.ka.n.	圖書館	空 so.ra.	天空
本人 ho.n.ni.n.	本人	名古屋 na.go.ya.	名古屋

句型說明：

「～から」是「從～」之意，用來表示動作、時間或場所的起點，或是表示來源。

6
事物狀態

萬用會話

A 明日の発表会は何時からですか?

a.shi.ta.no./ha.ppyo.u.ka.i.wa./na.n.ji./ka.ra./de.su.
ka.

明天的發表會是幾點開始?

B 3時からです。

sa.n.ji./ka.ra./de.su.

3點開始

延伸會話句

同僚から話を聞きました。

do.u.ryo.u./ka.ra./ha.na.shi.o./ki.ki.ma.shi.ta.

從同事那裡聽到了。

授業は午前8時から始まります。

ju.gyo.u.wa./go.ze.n./ha.chi.ji./ka.ra./ha.ji.ma.ri.
ma.su.

課從早上8點開始。

朝からひどい雨が降っています。

a.sa./ka.ra./hi.do.i./a.me.ga./fu.tte./i.ma.su.

從早上就下很大的雨。

ダイエットは明日から。

da.i.e.tto.wa./a.shi.ta./ka.ra.

減肥從明天開始。

141

「〜までです」

到〜

到明天。

明日 までです。

a.shi.ta. ma.de.de.su.

單字輕鬆換：

福岡 fu.ku.o.ka.	福岡	ホテル ho.te.ru.	飯店
終点 shu.u.te.n.	終點	夜中 yo.na.ka.	半夜
完成 ka.n.se.i.	完成	来年 ra.i.ne.n.	明年

句型說明：

「〜まで」是「到〜」之意，表示動作、時間或
地點的終點。「〜から〜まで」即是「從〜 到
〜」，用來表示距離、時間或動作的範圍。

6
事物狀態

•萬用會話•

A 申し込みはいつまでですか?

mo.u.shi.ko.mi.wa./i.tsu.ma.de./de.su.ka.

申請日期到什麼時候?

B 明日までです。

a.shi.ta./ma.de./de.su.

到明天。

•延伸會話句•

明後日まで待ってください。

a.sa.tte./ma.de./ma.tte./ku.da.sa.i.

請等到後天。

東京駅までお願いします。

to.u.kyo.u.e.ki./ma.de./o.ne.ga.i./shi.ma.su.

請送我到東京車站。

埼玉まで配送できますか?

sa.i.ta.ma./ma.de./ha.i.so.u./de.ki.ma.su.ka.

可以寄送到埼玉嗎?

鹿児島から福岡まで車でどのくらいかかりますか?

ka.go.shi.ma./ka.ra./fu.ku.o.ka./ma.de./ku.ru.ma.de./do.no./ku.ra.i./ka.ka.ri.ma.su.ka.

從鹿兒島到福岡,開車要多久呢?

「～始めた」

開始～

開始運動。

運動をし	始めた。
u.n.do.u.o.shi.	ha.ji.me.ta.

單字輕鬆換：

読み yo.mi.	讀	言い i.i.	說
泣き na.ki.	哭	考え ka.n.ga.e.	想
咲き sa.ki.	開花	しゃべり sha.be.ri.	說話／ 聊天

句型說明：

「始めます」是「開始」，「動詞ます形＋始めます」是「開始～」之意，過去式為「動詞ます形＋始めました」，過去式普通形為「動詞ます形＋始めた」。「結束～」則是「～終わりました」、「～終わった」。

6 事物狀態

303

●萬用會話●

Ⓐ 彼は運動をし始めたそうだ。

ka.re.wa./u.n.do.u.o./shi.ha.ji.me.ta./so.u.da.

他好像開始運動了。

Ⓑ そう?わたしもジムに通おうかな?

so.u./wa.ta.shi.mo./ji.mu.ni./ka.yo.o.u./ka.na.

真的嗎?我要不要也去上健身房呢?

●延伸會話句●

毎年の2月に、庭の花が咲き始めます。

ma.i.to.shi.no./ni.ga.tsu.ni./ni.wa.no./ha.na.ga./sa.ki.ha.ji.me.ma.su.

每年2月,院子的花就開始盛開。

妹は部屋を片付け始めた。

i.mo.u.to.wa./he.ya.o./ka.ta.zu.ke.ha.ji.me.ta.

妹妹開始整理房間。

彼女は4月から大学院に行き始めた。

ka.no.jo.wa./shi.ga.tsu./ka.ra./da.i.ga.ku.i.n.ni./i.ki.ha.ji.me.ta.

她從4月開始上研究所。

この小説は読み始めると止まらない。

ko.no./sho.u.se.tsu.wa./yo.mi.ha.ji.me.ru.to./to.ma.ra.na.i.

這本小說,一旦開始讀了就停不下來。

143

「～続(つづ)けている」

持續～

持續用功。

勉強(べんきょう)し 続(つづ)けている。

be.n.kyo.u.shi. su.zu.ke.te.i.ru.

單字輕鬆換:

愛(あい)し a.i.shi.	喜好	言(い)われ i.wa.re.	被說
仕事(しごと)し shi.go.to.shi.	工作	習(なら)い na.ra.i.	學習
更新(こうしん)し ko.u.shi.n.shi.	更新	バイトし ba.i.to.shi.	打工

句型說明:

「続(つづ)けます」是「繼續」之意，「動詞ます形＋続(つづ)けます」是「持續～」的意思，和「～を続(つづ)けます」的意思相同。普通形為「動詞ます形＋続(つづ)ける」。

6
事物狀態

萬用會話

Ⓐ もうちょっと<ruby>考<rt>かんが</rt></ruby>えさせて。

mo.u.cho.tto./ka.n.ga.e.sa.se.te.

再讓我思考一下。

B <ruby>考<rt>かんが</rt></ruby>え<ruby>続<rt>つづ</rt></ruby>けていても、しかたがないよ。

ka.n.ga.e.tsu.zu.ke.te./i.te.mo./shi.ka.ta.ga./na.i.yo.

就算再繼續思考，也沒辦法解決啦。

延伸會話句

<ruby>近<rt>ちか</rt></ruby>い<ruby>距離<rt>きょり</rt></ruby>でパソコンの<ruby>画面<rt>がめん</rt></ruby>を<ruby>見続<rt>みつづ</rt></ruby>けるのは、<ruby>目<rt>め</rt></ruby>によくない。

chi.ka.i./kyo.ri.de./pa.so.ko.n.no./ga.me.no./mi.tsu.zu.ke.ru./no.wa./me.ni./yo.ku.na.i.

一直近距離看電腦螢幕的話，對視力不好喔。

<ruby>年金<rt>ねんきん</rt></ruby>は<ruby>何歳<rt>なんさい</rt></ruby>まで<ruby>払<rt>はら</rt></ruby>い<ruby>続<rt>つづ</rt></ruby>けなければならないのでしょうか?

ne.n.ki.n.wa./na.n.sa.i./ma.de./ha.ra.i.tsu.zu.ke.na.ke.re.ba./na.ra.na.i.no./de.sho.u.ka.

年金要付到幾歲才可以呢?

これからも<ruby>田中選手<rt>たなかせんしゅ</rt></ruby>を<ruby>応援<rt>おうえん</rt></ruby>し<ruby>続<rt>つづ</rt></ruby>けたいです。

ko.re.ka.ra.mo./ta.na.ka.se.n.shu.o./o.u.e.n./shi.tsu.zu.ke.ta.i./de.su.

從今以後也想繼續支持田中選手。

144

「～のほうが好きです」

比較喜歡～

比較喜歡肉。

肉	のほうが好きです。
に く	す

ni.ku.　　no.ho.u.ga.su.ki.de.su.

單字輕鬆換:

犬 i.nu.	狗	猫 ne.ko.	貓
物理 bu.tsu.ri.	物理	独り hi.to.ri.	1 個人
都会 to.ka.i.	都市	洋食 yo.u.sho.ku.	洋食

句型說明:

　　「～のほうが」通常是用於比較的時候,「～の
ほうが好きです」意為「比較喜歡～」。

6 事物狀態

•萬用會話•

Ⓐ 肉と魚どちらが好きですか?

ni.ku.to./sa.ka.na./do.chi.ra.ga./su.ki./de.su.ka.

肉和魚你喜歡哪一個呢?

B わたしは肉のほうが好きです。

wa.ta.shi.wa./ni.ku.no./ho.u.ga./su.ki./de.su.

我比較喜歡肉。

•延伸會話句•

夏より冬が好きだ。

na.tsu./yo.ri./fu.yu.ga./su.ki.da.

比起夏天,我喜歡冬天。

わたしは国内旅行がいいな。

wa.ta.shi.wa./ko.ku.na.i.ryo.ko.u.ga./i.i.na.

我比較喜歡國內旅遊喔。

洋楽よりも日本の音楽の方が好きです。

yo.u.ga.ku./yo.ri.mo./ni.ho.n.no./o.n.ga.ku.no./ho.u.ga./su.ki./de.su.

比起西洋音樂,我比較喜歡日本音樂。

ゴルフを見るよりもするほうが好きです。

go.ru.fu.o./mi.ru.yo.ri.mo./su.ru./ho.u.ga./su.ki./de.su.

比起看,我更喜歡打高爾夫。

145

「前まえより～なった」

変得比以前～

変得比以前好。

前まえより ｜ うまく ｜ なった。

ma.e.yo.ri. u.ma.ku. na.tta.

單字輕鬆換：

安全あんぜんに a.n.ze.n.ni.	安全	静しずかに shi.zu.ka.ni.	安靜
豊ゆたかに yu.ta.ka.ni.	豐富	少すくなく su.ku.na.ku.	少
得意とくいに to.ku.i.ni.	擅長	かっこよく ka.kko.yo.ku.	帥氣

句型說明：

「～より」是「比～」之意，「前より～」即為「比以前～」的意思。「～なった」則是「～なりました」的普通形。

6 事物狀態

•萬用會話•

Ⓐ 日本語、上達したの?

ni.ho.n.go./jo.u.ta.tsu./shi.ta.no.

日語進步了嗎?

B うん、前よりはうまくなったよ。

u.n./ma.e./yo.ri.wa./u.ma.ku./na.tta.yo.

嗯,變得比以前好喔!

•延伸會話句•

わたしは1年前より太りました。

wa.ta.shi.wa./i.chi.ne.n.ma.e./yo.ri./fu.to.ri.ma.shi.
ta.

我比1年前胖了。

わたし達は以前より仲良くなった。

wa.ta.shi.ta.chi.wa./i.ze.n./yo.ri./na.ka.yo.ku./na.
tta.

我們的感情變得比以前好。

この絵はあの絵よりも美しい。

ko.no.e.wa./a.no.e./yo.ri.mo./u.tsu.ku.shi.i.

這幅畫比那幅畫優美。

彼はわたしよりも上手に日本語を話せます。

ko.re.wa./wa.ta.shi./yo.ri.mo./jo.u.zu.ni./ni.ho.n.go.
o./ha.na.se.ma.su.

他的日語説得比我好。

「〜はいりません」

不需要〜

不需要袋子。

 はいりません。

袋
fu.ku.ro.　　wa.i.ri.ma.se.n.

↓

單字輕鬆換：

箱 ha.ko.	箱子	傘 ka.sa.	傘
夕食 yu.u.sho.ku.	晚餐	心配 shi.n.pa.i.	擔心
おつり o.tsu.ri.	找零	レシート re.shi.i.to.	收據

句型說明：

「いります」是「要」、「需要」的意思，否定
形「いりません」即為「不需要」之意，在商店
購物不需要購物袋即可以說「袋はいりません」。

6
事物狀態

•萬用會話•

Ⓐ 袋_{ふくろ}はいりません。

fu.ku.ro.wa./i.ri.ma.se.n.

我不要袋子。(購物時)

B ではテープだけお貼_はりしておきます。

de.wa./te.e.pu./da.ke./o.ha.ri./shi.te./o.ki.ma.su.

那麼我貼個貼紙。

•延伸會話句•

ここでは遠慮_{えんりょ}はいりません。

ko.ko./de.wa./e.n.ryo.wa./i.ri.ma.se.n.

在這裡不需要客氣。

もうこれ以上_{いじょう}いりません。

mo.u./ko.re.i.jo.u./i.ri.ma.se.n.

不需要了。/夠了。

ほかに何_{なに}かいりますか?

ho.ka.ni./na.ni.ka./i.ri.ma.su.ka.

其他還需要什麼嗎?

これは必要_{ひつよう}でしょうか?

ko.re.wa./hi.tsu.yo.u./de.sho.u.ka.

這個是必要的嗎?

每日一句日語懶人會話

一天一句 累積日語會話力

精選日本人最常使用的日語短句，
配合生動的情境會話，
一天一句，在不知不覺中累積日語會話力!

用日語短句輕鬆對話
網羅生活中必備日語短句，
透過聚沙成塔的學習模式，
讓您使用日語通行無阻。

懶人日語單字：
超好用日語文法書

活用日語不詞窮，
瞬間充實日語單字力，
一次背齊用得到的日語單字!

背單字不再是「點」的記憶，
本書將同關的詞彙串成「線」觸類旁通，
讓腦中單字「面」更寬廣。

配合精選例句熟悉活用方法，
同時磨亮單字及會話兩樣溝通利器。

懶人日語學習法：
舉一反三的日語單字書

文法不可怕，從用的到的文法學起，掌握基礎文法。
簡單入門馬上活用，突破初級文法，接軌中級日語。

本書特別設計「懶人學習法」，
先從常用 的句型入門，
再循序介紹各種詞類的變化和句型，
幫助您透過自學也能順利學會日語文法。

永續圖書
線上購物網

www.foreverbooks.com.tw

◆ 加入會員即享活動及會員折扣。

◆ 每月均有優惠活動，期期不同。

◆ 新加入會員三天內訂購書籍不限本數金額，
   即贈送精選書籍一本。（依網站標示為主）

專業圖書發行、書局經銷、圖書出版

永續圖書總代理：
五觀藝術出版社、培育文化、棋茵出版社、大拓文化、讚
品文化、雅典文化、知音人文化、手藝家出版社、璟申文
化、智學堂文化、語言鳥文化

活動期內，永續圖書將保留變更或終止該活動之權利及最終決定權。

萬用日語會話學習書

雅致風靡　典藏文化

親愛的顧客您好，感謝您購買這本書。即日起，填寫讀者回函卡寄回至本公司，我們每月將抽出一百名回函讀者，寄出精美禮物並享有生日當月購書優惠！想知道更多更即時的消息，歡迎加入"永續圖書粉絲團"您也可以選擇傳真、掃描或用本公司準備的免郵回函寄回，謝謝。

傳真電話：(02) 8647-3660　　　電子信箱：yungjiuh@ms45.hinet.net

姓名：	性別：　□男　□女
出生日期：　　年　　月　　日	電話：
學歷：	職業：
E-mail：	
地址：□□□	
從何處購買此書：	購買金額：　　　　元

購買本書動機：□封面 □書名 □排版 □內容 □作者 □偶然衝動

你對本書的意見：
內容：□滿意□尚可□待改進　　編輯：□滿意□尚可□待改進
封面：□滿意□尚可□待改進　　定價：□滿意□尚可□待改進

其他建議：

總經銷：永續圖書有限公司

永續圖書線上購物網
www.foreverbooks.com.tw

您可以使用以下方式將回函寄回。

您的回覆，是我們進步的最大動力，謝謝。

① 使用本公司準備的免郵回函寄回。

② 傳真電話：（02）8647-3660

③ 掃描圖檔寄到電子信箱：

　yungjiuh@ms45.hinet.net

- - - - - - - - - - - - - - - 沿此線對折後寄回，謝謝。 - - - - - - - - - - - - - - -

廣 告 回 信
基隆郵局登記證
基隆廣字第056號

`2 2 1` - `0 3`

 雅典文化事業有限公司　收

新北市汐止區大同路三段194號9樓之1